Natascha Herkt u. Lars Hannig (Hrsg.)

Wahltag

Neunzehn demokratische Geschichten

Entwickelt von Oliver Uschmann

Bibliographische Information der Deutschen Nationalbibliothek:
Die Deutsche Nationalbibliothek verzeichnet diese Publikation in der Deutschen Nationalbibliographie; detaillierte bibliographische Daten sind im Internet abrufbar über http://dnb.d-nb.de

1. Auflage 2018

ISBN: 9783752821321

© 2018 by Schreibzentrum der Ruhr-Universität Bochum

Cover- und Einbanddesign: © Lars Hannig u. Natascha Herkt

Herstellung und Verlag: BoD – Books on Demand, Norderstedt

Druckvorlage erstellt mit Papyrus Autor

Printed in Germany

„Es ist schon ein großer Trost bei Wahlen, daß von mehreren Kandidaten immer nur einer gewählt werden kann!"

Mark Twain

Inhalt

Vorwort		07
Lars Hannig	*Retro-Revolution*	11
Lara Pflaum	*Die Aula*	22
David Wöstmann	*Die stillen Wächter*	26
Lea Günther	*Nat im Wahllokal*	28
Kamila Dobner	*Die Zweitstimme*	34
Natascha Herkt	*Die große Taube geht wählen*	39
Laura Geiecke	*Der stumpfe Stift*	46
Julia Manz	*Wir sind gleich wieder weg*	48
Dmitrij Hartmann	*Geld ist ihre erste Wahl*	51
M.A. Sidney	*Der Geschichtenerzähler*	54
Amelie Hauser	*Gleich gültig*	59
Zohra Zahrey	*Rechtskurve*	62
Jennifer Walaszkowski	*Schinken oder SPD?*	64
Oliver Uschmann & Sylvia Witt	*Die Marmeladenbrote*	67
Dimitri Wolf	*Das zarte Band*	73
Julia Körber	*Wahllokal*	76
Vinitha Yogachandran	*Die Qual der Wahl*	79
Anna Biel	*Die Gefahr des Unsichtbaren*	84
Lilya Wischinski	*Kleine Kreise*	87

Vorwort

Jeden Sommer erwachen in einem unscheinbaren Seminarraum der Ruhr-Uni Bochum neue literarische Charaktere zum Leben. Manche von ihnen haben in den Köpfen ihrer Schöpferinnen und Schöpfer schon vorher existiert. Manche entstehen erst in der funkwellenberuhigten Zone des begrünten Sichtbetons. In nur einer Woche finden sich diese Figuren in einer Handlung wieder, die bereits Schlüssel- und Wendepunkte hat. In einem Setting, das vom düsteren Krimi über Fantasiewelten bis hin zur lakonischen Alltagskomödie reicht.

Da literarische Figuren klug sind, steigt ihre Aufregung, sobald sie merken, dass sich das Blockseminar dem Ende zuneigt. Nun können sie nur hoffen, dass ihre Schöpferin oder ihr Schöpfer auch über den Workshop hinaus am Text dranbleiben und aus den paar Seiten Manuskript und Notizen eines Tages ein vollständiger Roman wird.

Im besten Falle gelingt dieser so gut, dass er mittels der Beziehungen des Seminarleiters eine Agentur und somit einen Verlag findet und die Charaktere ins Scheinwerferlicht der Öffentlichkeit treten. So geschehen etwa mit den Figuren von Mechthild Gläser, Tobias Keller oder Nina Martens, die allesamt ihren Weg zur professionellen Veröffentlichung oder gar zur echten Karriere als Autorin oder Autor gefunden haben.

Seit über zehn Jahren betätige ich, Oliver Uschmann, mich als Geburtshelfer für Romane und Charaktere und mache gemeinsam mit dem Schreibzentrum die Ruhr-Uni Bochum zur Brutstätte der literarischen Kreativität.

Im Spätsommer 2017 geschah es nun, dass der letzte Tag meines Workshops *Den Fuß in die Tür – Schreiben und Publizieren im Literaturbetrieb* ausgerechnet auf den Sonntag der 19. Bundestagswahl fiel. Da die Kunst der Demokratie nicht den Garaus machen darf und alle Seminarteilnehmer die Möglichkeit haben sollten, in aller Ruhe wählen zu gehen, bekamen sie die Aufgabe, als Ausgleich für die Fehlzeit eine Kurzgeschichte über den Besuch im Wahllokal zu verfassen. Nicht aus ihrer Sicht als echte Menschen, sondern aus Sicht ihrer jeweiligen Romanfigur, mit der sie die vergangene Woche im Seminar verbracht hatten. Es sollte sich so lesen, als ob dieser Charakter zur Wahl geht. In seiner Welt. Mit seinen Gedanken und Haltungen. Wer mochte, konnte hernach an dieser Anthologie teilnehmen, die das Schreibzentrum zu meiner Freude zusagte und finanzierte.

Doch wie es immer so ist, wenn sich die Adhäsionskräfte einer intensiven gemeinsamen Woche wieder lösen und alle in ihr individuelles Leben mit seinen tausend Aufgaben entlassen werden – es dauerte. Ein halbes Jahr ging ins Land, bis alle Texte entstanden und bei mir eintrudelten. Ein halbes Jahr ging ins Land, bis aus den Wahlergebnissen schließlich eine Regierung wurde. Dafür möchte ich mich in aller Form entschuldigen. Als ich damals nach dem Seminar im Kanzleramt anrief und darum bat, die Bildung einer Regierung noch ein wenig zu verzögern, bis die Anthologie *Wahltag* an der Ruhr-Uni erschiene, hatte ich dabei nicht im Sinn, Karrieren zu zerstören, Parteien zu zerrütten und eine Neuauflage der Großen Koalition zu verursachen, die eigentlich, wie alle sagten, „klar abgewählt" wurde. Ich bin allerdings, mit dem Handy am Ohr im Botanischen Garten schlendernd, auch nicht davon ausgegangen, dass man meiner Bitte in Berlin so gewissenhaft nachgehen und mit der Regierung tatsächlich warten würde.

Exakt einen Tag vor der von mir als absolute Deadline gesetzten Abgabe der Texte wurde Angela Merkel im Bundestag für ihre vierte Amtszeit vereidigt. Wer weiß – hätte ich statt des 15. März 2018 streng und unnachgiebig den 15. November 2017 als Redaktionsschluss dieses Büchleins angegeben, wäre Jamaika wahrscheinlich zustande gekommen.

Ich danke allen Teilnehmerinnen und Teilnehmern des Seminars, die ihre Geschichten zur Veröffentlichung bereitgestellt haben und somit einen kleinen Einblick in das Seelenleben und die Weltanschauung ihrer Figuren geben. Diese sind außerdem unter den Texten kurz skizziert, um bei der Lektüre ein besseres Gespür für den Kontext zu erhalten, neugierig zu werden und womöglich nach dem Lesen einen Google Alert auf den Namen der Autorin oder des Autors zu setzen, um mitzubekommen, wenn eines Tages ein Roman aus ihrer oder seiner Feder erscheint. Meine Frau und ich haben als „Bonustrack" die Figuren unserer bekannten Romanserie *Hartmut und ich* zur Wahl geschickt. Die kleine Erzählung findet sich exklusiv ausschließlich in diesem Büchlein.

Danken möchte ich außerdem dem Schreibzentrum für die Finanzierung und vor allem für das jahrelange Vertrauen in meine Fähigkeiten als Dozent für Literaturpraxis. In diesem speziellen Falle gilt der Dank besonders Natascha Herkt, die das Lektorat des Buches übernommen und als Gasthörerin des Kurses außerdem mit ihrer Erzählung eine surreale Sternstunde in den Fluren und Katakomben des RUB-Campus beigetragen hat.

Ich wünsche Ihnen und Euch eine vergnügliche Lektüre und empfehle jedem, der oftmals sehr unpoetischen und profanen Hektik des Universitätsalltags hin und wieder zugunsten einer Oase von Ruhe und hilfreichen Gesprächen in die Räume des Schreibzentrums zu entfliehen.

Wir lesen uns,

Oliver Uschmann

(im März 2018)

Lars Hannig
Retro-Revolution

Nach einem Jahr bin ich rückfällig geworden. Da ist es wieder, das Kribbeln, und es reicht bis in die Fingerspitzen. Vorerst behalte ich es für mich. Immerhin haben wir gemeinsam geschworen: Nie wieder.

Unser spontaner Strandurlaub in Holland war von Regenwetter geprägt und von kurzer Dauer gewesen. Wir müssen ganz schön begossen ausgesehen haben, ich mit meiner dunklen Metal-Matte und dem Van-Dyke-Bart und Simon Duman „Sid" mit einem seligen Lächeln auf dem Gesicht und breiten Schultern unter der Lederjacke.

„Regen war noch nie so schön", hat er gesagt und meinte es auch so. Mit einem Tag Verspätung kamen Nora und Silvia dazu, einen alten Ghettoblaster mit Retrowave-Mixtapes im Gepäck. Gemeinsam sahen wir den Wellen zu, tranken Captain Morgan mit Cola und genossen zuerst die Klänge der 80er und schließlich das weiße Rauschen der Brandung, als wären wir die einzigen Menschen auf der Welt. Für ein paar Tage.

Zurück im Pott holte das Leben uns bald wieder ein. Ohne Job musste jeder erstmal sehen, wie er klar kam. Jeder hatte mit seinen Dämonen zu kämpfen.

Wie in alten Zeiten trafen wir uns bei mir, es ging zu wie in einer Selbsthilfegruppe. Ich machte den Anfang. „Mein Name ist Udo Abel und ich bin Spieleentwickler."

Jeder kotzte sich aus. Jeder schwor: Nie wieder. Zum eigenen Wohl, zum Wohl von Freunden und Familie, die keiner von uns hatte. Wir waren unsere eigene Familie geworden und würden uns nie wieder versklaven lassen.

Der Ober-Honcho Ehrmann hatte sich in den sozialen Medien zu passiv-aggressiven Kommentaren herabgelassen. Es habe längst überfällige interne Umstrukturierungen zur Produktivitätsmaximierung gegeben. Dadurch werde sich das von Fans und Ruhrgebietlern heiß ersehnte Herzensprojekt, der Bergbau-Simulator, verzögern. Er bitte um Verständnis.

„Haha! WTF?!", hatte C*ckMonger69 geantwortet.

Ehrmann postete: „Man sollte nie der Einschätzung des Entwicklerteams vertrauen. Wenn die sagen, etwas wäre zu 90 Prozent fertig, muss man unweigerlich feststellen, dass es in Wahrheit kaum 10 Prozent sind. Zum Glück fehlt es nicht an talentiertem und begeisterungsfähigem Nachwuchs. Wir haben gerade fünf offene Praktikantenstellen ausgeschrieben. Mindestdauer 6 Monate. Ihr liebt Spiele? Dies ist eure große Chance!"

Bevor der Shitstorm losbrach und das Posting auf mysteriöse Weise im Äther verschwand, hatte ein Kumpel von Sid einen Screenshot geschossen, über den wir uns später herzlich amüsierten.

Das war vor neun Monaten, seitdem herrscht Funkstille auf der Studiowebsite und in den Medienkanälen. Genug Zeit, um ein Baby auszutragen und genug Zeit für einen fähigen Kopf, eine Prerelease-Beta zum Release zu bringen. Schließlich sprechen wir hier von einer Auftragsarbeit, bei der es alleine um die Zahlungen des Geldgebers geht.

Es würde mich wundern, wenn der Pütt-Simulator je erscheint. Schon gar nicht unter der Führung Ehrmanns, einem Berliner Sesselfurzer, der die Entwicklung letztlich nach Fernost outgesourct hat. Die armen Schweine. Noras handgezeichnete Artworks haben sie durch seelenlos vorgerenderte 3D-Modelle aus der Retorte ersetzt. Man bekommt eben, wofür man bezahlt.

Kein Lohn und kein Versprechen dieser Welt würde uns dazu bringen, die alten Fußfesseln wieder anzulegen. Doch es ist stark, mein Bedürfnis etwas zu bauen. „Nur etwas Kleines", sage ich mir. „Nur für mich." So beginnt es immer. Aber ohne Frank würde es nie so sein wie früher. Wo er wohl stecken mag? Seine Stimme begleitet mich in Gedanken, wohin ich auch gehe.

An diesem Freitagnachmittag lockt uns das kleine Game-Event „RetroBooT '17" nach Bochum-Werne. Beim Off-line-Treffen versammeln sich ein Wochenende lang Retro-Gamer, um zu rocken und zu zocken wie in den 80ern und 90ern. Synthie-Musiker stellen ihre Tunes vor, Oldschool-Hacker kitzeln das Letzte aus ihrer Hardware heraus und Indie-Entwickler stellen neue Titel für längst vergessene Spieleplattformen vor. Vielleicht wird es Sid und die Mädels wieder auf den Geschmack bringen, selbst in die Tasten zu hauen.

Wir haben uns ein besonderes Schmankerl für das Event überlegt. Ein exklusiver Einblick in unsere alten Projekte: before we were famous.

Wie gewohnt treffen wir uns im Keller meines Elternhauses und machen uns bereit.

Sid hat die ganze Aktion etwas zu wörtlich genommen und ist mit einem Bollerwagen mit C64-II und 1802D-Monitor aufgekreuzt, um seine Chiptune-Musik zu präsentieren. Dazu ein paar Netzteilklötze zum Gewichtsausgleich. Immerhin ohne das große 1541-Diskettenlaufwerk, dafür mit retrofuturistischem SD-Kartenleser im Gehäuse.

Nora zeigt ihre Grafiken auf einem Tablet, ich habe bloß ein Notebook im Rucksack.

Am Ende der Straße nehmen wir die Abkürzung durch die Unterführung. Es ist einer der letzten schönen Tage im Herbst.

Bevor es zum Treffen geht, muss ich noch etwas erledigen. „Dauert nicht lange", sage ich. „Es liegt auf dem Weg." Meine Freunde trotten hinter mir her, der Bollerwagen rumpelt über die Betonplatten des Gehwegs. Je näher wir dem Zwischenziel kommen, desto mehr Menschen schließen sich uns an. Rentner mit sauber gescheitelten und gekämmten Haaren. Mittfünfziger in Hemden. Nachbarn begegnen sich vor den Häusern und machen sich gemeinsam auf den Weg. Eine Prozession aus Paaren und Grüppchen von zwei bis vier Personen.

„Was geht denn hier ab? Walking Dead?", sagt Sid. „Die Retrogamer von heute sind auch nicht mehr, was sie mal waren."

„Wir werden alle älter", sagt Nora. „Oder sind es längst."

„Ja, aber sieh dir die an, wie sie die Straße entlangwatscheln. Und wie sie uns anstarren. Ist doch gruselig."

„Die wundern sich bestimmt genauso, dass du deinen Sperrmüll spazieren fährst", meint Silvia.

„Mädel! Das is' kein Sperrmüll, sondern ein zeitloser Klassiker." Sid deutet auf den Heimcomputer. „So'n Soundchip hat es nie wieder gegeben."

Ich klinke mich ein. „Und die von Yamaha im ST, Mega Drive und Neo Geo?"

„Ich gib' dir gleich Yamaha!" Sid zeigt mir einen Vogel. „Das sind schlichte Stimmgeneratoren. Der SID ist ein vollwertiger Analog-Synthesizer in einem Chip."

Passanten werfen uns neugierige Blicke zu.

„Da wären wir", sage ich. Auf dem Hof vor uns haben sich zahlreiche Ansammlungen von Senioren und Hausfrauen versammelt und unterhalten sich leise.

„Nee oder?", brummt Sid und schaut den Klinkerbau der Kirche empor. „Du willst jetzt nicht wirklich beten gehen? Ey, komm. Ich schlepp' euch auch nicht in die Moschee."

„Udo geht nicht zu den Popen, sondern zur Wahl", sagt Nora. „Kapiert?"

Ein Schatten wie von einem Flugzeug huscht über uns hinweg und verdunkelt für einen Moment die Sonne, doch es ist kein Dunststreifen zu sehen.

„Genau." Ich deute über den Vorplatz auf das flache Schulgebäude und ziehe meinen Bescheid aus der Jackentasche.

„Was soll das denn sein?", lacht Nora.

„Mein Wahlschein", erkläre ich. „Der war schon so."

„Sieht aus, als hätte ein betrunkener Gibbon den eingetütet."

Der Umschlag hatte unversehrt in meinem Briefkasten gesteckt. Der Schein dagegen war halb zerrissen und verknickt.

„Ich hab Briefwahl gemacht", sagt Silvia.

„Frank meint", beginne ich, und Nora straft mich mit einem strengen Blick. „Nicht wieder das böse F-Wort."

Ich versuche es erneut: „Briefwahlen sind genauso einfach zu manipulieren. F wollte es mir sogar mal demonstrieren. Das ganze System ist fadenscheinig, wir sehen es ja in den Staaten."

„'merica fuck yeah!", Nora hebt die Hand, ich schlage ein.

„Langsam wird alles zu seiner eigenen Parodie", sagt Silvia nachdenklich.

„Wahlen sind doch für'n Arsch", brummt Sid und scharrt mit den Füßen. „Alles Betrug."

„Klar, aber Nicht-Wählen ist auch bescheuert. Davon profitieren immer die Falschen."

„Seh' ich so aus?", erwidert Sid. „Ich hab mir auch so'n Wisch bestellt und ungültig gewählt." Er lacht dreckig. „Is' eben doch wie bei Walking Dead von Telltale. Für was du dich auch entscheidest, es hat keinen Einfluss."

„Meine Güte", Nora rollt mit den Augen. „Das Spiel ist fünf Jahre alt!"

„Und alle meinten, es wäre so deep. Isses aber nicht."
„We get it!", sagt Nora. „Wirst du endlich damit aufhören?"
„Niemals!", erwidert Sid und verschränkt die Arme. „Jetzt mach hinne Udo. Die Alten hier geben mir Gänsehaut."

Ich folge den Pappschildern, vorbei an jugendlichen Erstwählern, die sich um die Stufen am Eingang herumdrücken und versuchen, ihre Unsicherheit zu überspielen, indem sie mit ihren iPhones und ihren jüngsten Free-to-play-Errungenschaften auf dicke Hose machen.
Ich betrete das Klassenzimmer der 1A und reiche einem jungen Hemd mit gekämmten Haaren meinen Bescheid. Der Wahlhelfer sieht kommentarlos über den Riss hinweg, streicht das Papier glatt, trägt meinen Namen aus seiner Liste aus und überreicht mir die Wahlunterlagen.
Oben an der Wand verläuft das Alphabet einmal den Klassenraum entlang. Jeder Buchstabe ist mit einer Kinderzeichnung versehen. Ich drehe mich zur altmodischen grünen Tafel mit Kreide. Wenigstens das hat sich in den letzten Jahrzehnten nicht geändert.
Vor mir auf dem Schrank sitzt ein riesiger Plüschlöwe und sieht mich an.
Gut, den hatten wir nicht.
Der Wahlbeauftragte, ein Mittfünfziger mit Hornbrille im akkuraten braunen Sakko und gestreiftem Schlips wacht über das Geschehen.
Ich begebe mich zu den Wahlkabinen. Jeweils ein großer Pappkarton ist als Sichtschutz auf einen Tisch geklebt. Auch der Kugelschreiber an einem Wollfaden ist mit Paketband fixiert. Ich brauche keine zehn Sekunden um meine Kreuze zu machen und werfe den gefalteten Zettel in die Wahlurne: einen weiteren Pappkarton.

„Top secret, alles vom Feinsten", höre ich Frank in Gedanken lachen. „Wenigstens den Kuli hätte ich mitgehen lassen."

Hinter der Pappbox streift mich der kritische Blick einer weiteren Wahlhelferin. Mitte dreißig im langen grünen Strickpullover. „Nicht gerade eine MILF. Aber was will man machen", meint Frank und setzt meine Fantasie in Bewegung. Ich versuche, meinen geistigen Bildspeicher zu leeren.

„Geh' zum Friseur und zieh' dir was Ordentliches an", sagen die Augen der Wahlhelferin, ohne dass ihre Mundwinkel sich rühren. Bloß ein Widerhall meiner Erinnerung, aber es wirkt. Die Pornomusik in meinem Kopf reißt ab.

„Sitzt den ganzen Tag in deiner dunklen Bude, lebst von Cola und Tiefkühlpizza und starrst in die Flimmerkiste, bis du viereckige Augen bekommst. Spielezeitschriften statt Bravo. Was soll nur aus dir werden?"

Es ist die Haltung von Eltern und Erziehern und all jenen, die wissen wie das Leben funktioniert und was richtig für mich ist. Ich muss an schlecht gescriptete NPCs denken und an Navi, die Tutorial-Fee, die mich zum tausendsten Male lispelnd auffordert ihr zuzuhören, obwohl ich jede Dialogzeile auswendig kenne und weiß, was ich tue.

Ich schenke der Dame im Strickpullover ein Lächeln, ihre Augen ziehen sich zusammen, als hätte ich ihr eine Ohrfeige verpasst.

Habe ich etwas davon laut gesagt? Wohl kaum. Niemand sonst hat etwas bemerkt. „Untervögelt", meint Frank.

Die mentalen Monologe sind ein harmloser Nebeneffekt, der sich einstellt, wenn man zu viel Zeit im eigenen Kopf verbringt. Seit Frank abgehauen ist, denke ich mir eben seinen Teil. So ist das, wenn man fast ein Leben lang befreundet ist. Verrückt geht anders.

„Wiedersehen", sage ich und drehe mich zum Ausgang.

Aus den Augenwinkeln fällt mir ein merkwürdiger Herr mit ergrautem Haar in Hausmeisterkluft auf. „Ruh!" Die beiden Wahlhelfer an den Tischen links unterbrechen ihr Flüstern und erwidern einen fragenden Blick. Der Mann bewegt den Kopf in kleinen ruckartigen Bewegungen. Komischer Vogel, denke ich und komme mir nicht mehr ganz so deplatziert vor.

Draußen erwarten mich bereits Nora, Silvia und Sid, der in der Zwischenzeit zwei Dosen Cola eliminiert hat. „Has' es bald? Diese kleinen Stinker bei der Treppe gehen mir auf den Sack." Er zerdrückt die leere Dose mit der Faust und wirft sie treffsicher in hohem Bogen in einen Mülleimer. „Grinsen blöd und haben bestimmt schon etliche Fotos von uns auf Twitter gepostet."
„Wegen deinem Brotkasten und der Glotze", sagt Silvia.
„Das ist kein Brotkasten! Falsches Gehäuse. Hast du denn gar nichts von uns gelernt?"
„So wenig wie irgend möglich. Das ist meine Devise", sagt Silvia mit einem Achselzucken. Nora rückt an sie heran und hebt eine Augenbraue. „Sollen wir den Milchbubis was zu sehen geben?"
„Udo, jetzt tu' was! Bevor es peinlich wüüürd." Ein lauter Rülpser überrascht ihn und verschluckt das letzte Wort.
Silvia und Nora fangen an zu lachen. Sid grinst.
Wir machen uns auf den Weg zum Retro-Treffen.
„Jetzt mal ehrlich", sagt Sid. „Glaubt ihr, es ändert sich was zum Besseren? Für uns meine ich?"
„Mir geht es um Schadensbegrenzung und eine bewusste Entscheidung. Wie unser Trip nach Holland, da waren wir am Zug. Wir haben nicht gewonnen, aber immerhin sind wir raus aus der Tretmühle", sage ich. „So ungeschickt sich die ›Mutti‹ manchmal auch anstellt, der Alltag funktioniert zumindest und es ist keine bessere Alternative in Sicht."

„Die Politik ist bloß noch Bückstück der Industrie und der großen Namen. Die setzen sich über alles hinweg: Steuern, Gesetze, Kundenzufriedenheit, Menschenrechte, who gives a fuck?", beginnt Nora. „Von den abschreckenden Beispielen profitieren dann auch die mittelständischen und kleinen Klitschen. Wir haben's doch selbst erlebt. Psychoterror, Manipulation, Überstunden bis zum Zusammenbruch und zum Wohl des Ladens verzichtet man doch auch mal ein paar Monate auf Lohn. ‚So ist das in der Gamesbranche!'" Nora hält sich eine Haarsträhne unter die Nase und imitiert den Ober-Honcho samt Schnäuzer.

„Boah, hör' auf mit Ehrmann, mir kommt die Coke hoch!", meint Sid.

„Das waren Ravens Worte", korrigiere ich.

„Auch nicht viel besser. Aber wer hat 'ne Lösung?", fragt Sid. „Was tun die Politiker für uns und unser Leben?"

„Die sind genauso ratlos. Die bewundern das Problem", sagt Nora. „Den größten Einfluss auf unser Leben haben die Konzerne, und die Industrie kennt kein Gewissen. Ist euch mal aufgefallen, dass es keine echten Dystopien mehr gibt?"

„Jeder ist sich selbst der Nächste", sagt Silvia.

Die Stimmung hat ihren Tiefpunkt erreicht. Frank kratzt an meiner Schädeldecke.

„Deshalb bring ich's hinter mich und hoffe auf das Beste", sagt Sid. „Augen zu und durch. Weg von der Panikmache und dem Geschrei im Web."

„Öfter mal Abschalten. Off the grid, am besten ganz offline", mir gefällt der Gedanke. „Weniger Panikmache und Hate. Einfach mal wieder leben, bevor wir ganz vergessen wie das geht. Mehr Spaß, weniger Sorgen. Und wenn schon digital, dann weg von den rootkits und back to the roots."

„Du meinst, etwa den Amiga herauskramen und Pixel schubsen in Deluxe Paint wie in alten Zeiten?", fragt Nora.

„Entspannung bei Guru Meditation-Fehlermeldungen", grinst Sid.

„Win7 tut es auch", sage ich. „Oder zum Zocken das SNES. Meinetwegen auch in Mini." Das löst zwar keine globalpolitischen Probleme, sorgt aber für Tiefenentspannung. Das Leben geht weiter. Welcher Prediger auch gerade von der Kanzel brüllt oder am Rednerpult steht. Jede Wahlperiode ein weiteres Continue. „Ich hab Die Partei gewählt", sagt Nora. „Bewirkt nichts, schadet nichts."

„Mir egal, ob schwarz, rot oder grün", sagt Silvia. „Läuft aufs Gleiche hinaus. Das nächste iPhone kommt bestimmt."

„Hauptsache nicht die Nazis", meint Sid.

Wahre Worte.

Vor uns befindet sich die Gaststätte mit dem überfüllten Parkplatz und dem Veranstaltungsraum, der dieses Wochenende ganz im Zeichen der Retro-Revolution steht. Statt über Politik wird am Stammtisch über die heißeste Hardware der frühen 90er diskutiert, allerdings nicht ohne Augenzwinkern.

Die Wände sind mit Postern dekoriert. Bunte Pixelwelten im wärmenden Monitorschein. Nostalgie zum Klang von FM-Synthese, Elektro- und Rockmusik.

Wir treten über die Schwelle und sind zurück in unserer Jugend. Zwei langhaarige Kerle in Jeansjacke klopfen Sid auf den Rücken und helfen beim Aufbauen. Schön wieder da zu sein.

Zurück auf Anfang.

Videospielkultur, verrückte Nerds und die Neunzigerjahre als bis ins Detail nostalgisch revitalisiertes Setting – Lars Hannig bedient in seinem Roman mit dem Arbeitstitel Pixelherzblut *das Genre der Retro-Gamer-Prosa im Stile der „Extraleben"-Serie von Constantin*

Gillies. Protagonist Udo Abel hat sich vor allem mit seinem Firmen-kompagnon Frank herumzuschlagen, dessen Paranoia in der Erforschung seiner eigenen Vergangenheit ein raffiniertes Verwirrspiel in Gang setzt.

Lara Pflaum
Die Aula

Ava hörte das Knacken der Steine unter den Rädern, als ihre Mutter den silbernen Hyundai i30 auf den Parkplatz des Wahllokals lenkte. Eigentlich war es gar kein Parkplatz, sondern der Schulhof der örtlichen Grundschule. Auf den von Moos bewachsenen, gräulichen Steinen sammelte sich das Laub in kleinen Häufchen. Darunter konnte Ava die weißen Markierungen eines Basketballfeldes erkennen, das rechts und links im Abstand von etwa fünf Metern von zwei metallischen Körben eingegrenzt wurde. Ihre Mutter parkte ganz rechts auf dem Schulhof vor einer großen Eiche und stellte den Motor ab. Das Schulgebäude sah noch genau so aus, wie Ava es in Erinnerung hatte. Die türkisen Verkleidungen um Tür- und Fensterrahmen gaben dem sonst dunkelgrau verputzen, zweistöckigen Gebäude eine freundliche Note und ließen es einladend wirken. Sie dachte an früher, als Mia und sie hier Tag für Tag die immergleichen Spiele gespielt hatten, ohne dass ihnen dabei jemals langweilig geworden wäre, von „Verstecken" bis „Jungs fangen die Mädchen" oder „Mädchen fangen die Jungs".

Ava öffnete die Tür des Wagens und schob ihren Körper ins Freie. Die Sonne schien ihr ins Gesicht, und sie sog einen tiefen Zug der klaren Herbstluft ein. „Kommst du?", fragte ihre Mutter. Ava umrundete das Auto und folgte ihr in Richtung der türkis umrandeten Eingangstür. Ein Junge, etwa im selben Alter wie sie, sprintete an ihr vorbei und sprang am Basketballkorb hoch, sodass seine Finger den Rand berührten. Seine Hose saß so tief, dass sie im Sprung den Blick auf die dunkelblau-weiß karierten Boxershorts freigab. Während Ava sich noch wunderte, dass dieser fragwürdige Trend immer noch aktuell war, näherte sie sich dem Eingang des Gebäudes, über dem in großen, bunten Lettern das Wort „Sonnenschule" stand, wobei das „O" gleichzeitig die Sonne darstellte. Auf dem linken Flügel der Tür hatte jemand auf einem DIN A4-Blatt die Nummer ihres Wahllokals notiert, rechts deutete ein schwarzer Pfeil den Weg. Ihre Mutter hielt ihr die Tür auf und die beiden wandten sich, wie der Pfeil es verlangte, nach rechts. An der Wand klebte ein aus verschiedenfarbiger Pappe gebastelter Wegweiser, der die Wege zur „Aula", zum „Hausmeister" und zur „Küche" zeigte. Daneben hingen gerahmte Fotos von Kindern, die in Clownskostümen mit Tüchern und Bällen spielten, was man in ordentlicher Druckschrift mit „Unser Zirkusprojekt" untertitelt hatte. Sie traten durch eine weitere türkise Tür und befanden sich endlich im „Wahllokal", der Aula der Schule. Schlagartig wurde Ava in ihre Kindheit zurückversetzt. Alles war noch genau wie bei ihrer Einschulung. Die große Glasfront auf der linken Seite, die über und über mit gebastelten Kunstwerken beklebt war – diesmal Schmetterlinge mit von den Kindern verzierten Flügeln; die enge Wendeltreppe rechts, die auf eine Art Balkon über der Aula führte, und schlussendlich die kleine Bühne mit dem schwarzen Vorhang, auf der Ava und ihre Mitschüler früher selber Lieder und Theaterstücke vorgeführt hatten.

Heute war der Vorhang zugezogen und ein weißer Tisch, auf dessen Mitte die Wahlurne thronte, drängte sich in Avas Blickfeld. Dahinter saßen zwei Frauen mittleren Alters und ein junger Kerl, den sie auf maximal zwanzig schätzte. Die drei Wahlhelfer lächelten sie freundlich an, als Avas Mutter näher an den Tisch herantrat. Nachdem sie in ihrer Handtasche ihre Wahlbescheinigung hervorgekramt hatte, nahm Avas Mutter den ordentlich gefalteten Wahlzettel entgegen und steuerte auf eine Wahlkabine auf der linken Seite des Raumes zu. Sie bestand aus einem kleinen, nicht einmal hüfthohen Tisch und einem Sichtschutz, der lediglich auf der Fensterseite geöffnet war. Die gesamte Konstruktion war nicht höher als einen Meter fünfzig, weswegen sie sich nahtlos in das Miniaturformat des Grundschul-Inventars einfügte. Rechts neben Avas Mutter kämpfte ein großer Mann mit der Größe der Kabine. Er beugte sich tief hinab, sodass sein Rücken einen Buckel formte und machte eilig seine Kreuze. Ava schaute sich weiter in der Aula um. An der Rückwand gegenüber der Bühne hing ein Glaskasten mit Fotos von Schulfesten und Ausflügen. Darauf hatte man einen Wahlzettel geklebt, der diagonal mit der dicken, roten Aufschrift „MUSTER" versehen worden war. Sie betrachtete die Parteien auf der rechten Zettelhälfte: CDU, SPD, Grüne, Die Linke, FDP, AfD. Ihr Gesicht verzog sich zu einer Grimasse. Weiter unten fand sich die SGP, die Sozialistische Gleichheitspartei Vierte Internationale (Ava fragte sich, was „Vierte Internationale" heißen sollte) und die DM, Deutsche Mitte – Politik geht anders… (Wie genau ging denn Politik?). Unter der Nummer 23 stellte sich die V-Partei[3] zur Wahl, die Partei für Veränderung, Vegetarier und Veganer. Sie lächelte. Sie mochte Veränderung und sie mochte kein Fleisch. Mia hätte jetzt bestimmt wieder einen Veganer-Witz gemacht, so wie sie es immer tat, wenn sich die Gelegenheit dazu bot, und obwohl Ava es langsam leid war, hätte sie trotzdem gelacht, weil sie immer lachte, wenn Mia versuchte witzig zu sein.

„Stehen Sie an?",
Ein Herr im Blaumann, dessen Schuhe Lehmklumpen auf dem polierten Boden hinterließen, unterbrach ihre Gedanken.

„Nein", erwiderte sie hastig und machte einen Schritt zur Seite. Der große Mann, der eben noch gebückt in der rechten Kabine gestanden hatte, ging mit großen Schritten auf die Wahlurne zu und ließ seinen Zettel darin versinken. Mit einem zufriedenen Gesichtsausdruck machte er sich auf den Weg Richtung Ausgang und zwinkerte Ava im Vorbeigehen zu. Auch ihre Mutter stand vor dem viereckigen Kasten, steckte das gefaltete Stück Papier in den Schlitz und näherte sich ihr.

„Können wir...?"

Ava schlenderte zur türkis gerahmten Tür und warf noch einen letzten Blick hinter sich. Morgen würde wieder das ausgelassene Geschrei von spielenden Kindern durch die Aula hallen und keines von ihnen würde wissen, dass vor gar nicht allzu langer Zeit hier, auf zweien ihrer Tische, über ihre Zukunft abgestimmt wurde.

In Lara Pflaums Roman mit dem Arbeitstitel Upside Down *muss die 17-jährige Ava den Tod ihrer Freundin Mia verkraften. Für das Publikum ist die Tote die ganze Zeit als imaginäre Freundin weiterhin anwesend. Das als Coming-of-Age-Drama angelegte Stück über Trauer, Trauma und Schuld arbeitet mit verschiedenen Zeitebenen und stellt die Frage danach, wie sich ein viel zu früher Tod als junger Mensch verarbeiten lässt.*

David Wöstmann
Die stillen Wächter

Ein Gebäude aus rotem Backstein. Zweckmäßigkeit als oberste Maxime. Eine Tür mit Glasscheiben in grünem Rahmen, hinter der die Aula mit ihrer Höhe vier Stockwerke verschwendet. In der Decke Glas, durch das die nachmittägliche Herbstsonne fällt. Sie erleuchtet die Köpfe berühmter Dichter und Denker des Landes vergangener Zeiten, deren Abbilder, von jungen Menschen in Gips nachgebildet, nun alltäglich mahnend auf ebendiese hinabschauen. Dem Eingang gegenüber, wie gespiegelt, eine weitere Glastür. Sie führt tiefer hinein in die Trakte, zu deren Seiten sich die Klassenzimmer aufreihen. Zwei Türen sind geöffnet an diesem Sonntag. „Wahlkreis 4" steht auf der Zweiten, weiter entfernten. Sie ist sein Ziel. Lange, schnelle Schritte hallen durch die Leere der Aula, dann tritt er ein.

Vor der Tafel sitzen vier Helfer, drei Damen und ein Herr an zwei aneinander geschobenen Tischen. Bis auf zwei weitere, mit Sichtschutz ausgestattete Tische ist das Zimmer leer. Grüße werden ausgetauscht. Er gibt seinen Wahlschein der Dame, die dem Eingang am nächsten sitzt. Einen Ausweis wollen die Helfer nicht sehen. Man kennt sich. Dennoch ist ihm diese Regelwidrigkeit zuwider. Es ist schließlich eine wichtige Handlung, zu der er sich hier einfindet, gar etwas Offizielles, es sollte mit gebührender Gewissenhaftigkeit und Regelbewusstsein durchgeführt werden. Dennoch verzichtet er darauf, die Helfer zu rügen. Immerhin sind sie freiwillig hier und erweisen dem Staate und dem Volke einen großen Dienst. Er möchte nicht undankbar wirken. Die Dame händigt ihm im Tausche gegen seinen Wahlschein den Bogen aus, mit dem er sich hinter einen der

Sichtschirme setzt. Er entfaltet das große Papier, studiert es ausgiebig, obwohl er sich bereits entschieden hat, wo die Kreuze zu setzen seien, setzt sie schließlich wie geplant, faltet den Bogen zusammen und kommt wieder hinter dem Sichtschirm hervor. Mit einer schnellen Geste versenkt er seinen Umschlag in der Urne vor dem einsamen Herrn.

Vor der Tür dreht er sich noch einmal um, nickt den Herrschaften mit einer leichten Verbeugung zu, als hätte man ein ernsthaftes Geschäft getätigt, und durchquert die Aula.

Eine Wolke schiebt sich vor die Sonne, ihr Schatten lässt die mahnenden Denker und Dichter aus Pappmaché für einen kurzen Augenblick in die Dämmerung gleiten, bevor die klaren Strahlen der Herbstsonne sie wieder erhellen. Es wirkt, als würden sie ihm zunicken. Eine Tür mit Glasscheiben in grünem Rahmen. Ein Gebäude aus rotem Backstein. Zweckmäßigkeit als oberste Maxime. Hier hatte er die Welt in neue Bahnen gelenkt.

Der 14-jährige Protagonist aus David Wöstmanns Roman nimmt die Welt mit äußerster Präzision, aber sehr unemotional wahr. Sein für das Alter untypischer Rationalismus ist der Versuch, den Tod seiner Mutter zu verarbeiten. Erst ein Aufenthalt bei seiner direkt am Wald lebenden Großmutter ermöglicht ihm neue, das Publikum auf märchenhafte Weise verwirrende, Wahrnehmungsweisen.

Lea Günther
Nat im Wahllokal

Nat und Tiik befanden sich in einer äußerst seltsamen Situation. Weder wussten sie, wie sie hierhergekommen waren, geschweige denn wo dieses hier überhaupt war. Tiik, die neben Nat stand, beäugte die Umgebung mit zusammengezogenen Brauen. Allem Anschein nach standen Sie in einem Gebäude, das Menschen erbaut hatten. Die Decke war niedrig, das Innere lang und verwinkelt. Alles strahlte schneeweiß. Wände, Decke und Türen. Nat kniff die Augen zusammen. Lieber als dieses blendende Weiß betrachtete er die leuchtend bunten Bilder, die überall hingen, womöglich von Kinderhand gemacht. Von irgendwoher drang leises Gemurmel zu ihnen.

„Meinst du, es könnte gefährlich werden?"

„Hoffentlich nicht, es ist so schönes Wetter", erwiderte Nat, der sich am Kinn kratzte, während er durch die lange Fensterfront nach draußen sah. Tiik schnaubte ungläubig. Seine Gelassenheit begann sie wieder einmal zu nerven. Unweit der beiden schwang eine der weißen Türen auf. Nat drückte Tiik und sich an die Wand. Sie hielten die Luft an. Im nächsten Moment stand ein Mädchen vor ihnen und sah sie verdutzt an.

„Ähm... kann ich euch helfen?"

„Ah, äh..."

„Wir wissen nicht wo wir sind", erklärte Nat schlicht, da Tiik auf die Schnelle keine gute Ausrede einfiel. Ungläubig linste diese zu ihm rauf.

„Ach so, ihr meint in welchem Raum ihr seid? Da müsst ihr auf den Brief gucken, denn auf der Wahlbescheinigung steht die Zahl für euer Gebiet. Die Zahlen findet ihr dann auf den Schildern mit den Pfeilen."

Mit einer ausladenden Armbewegung deutete das Mädchen erst auf eine Glastür und dann auf ein Fenster. Dort hingen tatsächlich Zettel mit Pfeilen.

„Aha, aha", meinte Nat und nickte, als würde er verstehen. Dann beugte er sich ein Stück – nun ja, ein etwas größeres Stück – zu ihr hinab.

„Was ist denn eine Wahlbescheinigung? Um ehrlich zu sein, wir sind nicht von hier." Das Mädchen starrte sie entgeistert an. Dann erfasste ihr Blick die schmalen, langen Flügel, die ein wenig hinter Nats Rücken hervorstanden. Als der Groschen fiel, hatte sie Schwierigkeiten, ihre Gesichtszüge nicht komplett entgleisen zu lassen. Einen halben Augenblick später fasste sie sich wieder, packte die beiden und zog sie durch zwei Türen. Verwirrt blinzelnd und eng aneinander gedrückt fanden sich Nat und Tiik mit ihr in einem kleinen Kämmerchen wieder, zu ihren Füßen eine Schale mit Wasser.

„Ihr seid Elfen?", fragte das Mädchen atemlos.

„Ich bin ein Elf. Nat der Elfenprinz, wenn du es genau wissen willst. Und das hier ist meine Freundin Tiik. Ja, sie ist ein Mädchen, das habe ich auch erst nicht gewusst. Eine Halbelfe."

Er sah sich kurz um. Auf Grund seiner Größe konnte er ohne Probleme über die Trennwände hinwegsehen.

„Wieso hast du uns an diesen Ort gebracht?", fragte er, die Nase rümpfend. Es roch nach Urin. Damit stoppte er einen Schwall an Fragen, der sich im Kopf des Mädchens zusammengesammelt hatte und nun herauszublubbern drohte.

„Die Menschen hier wissen nichts von Elfen. Ich dachte es wäre besser, wenn euch niemand sieht."

„Keine Elfen? Das ist ja seltsam! Außer dir habe ich bisher keinen anderen Menschen gesehen."

„Es hätte aber jeden Augenblick jemand kommen können, auch wenn die Hauptstoßzeit vorbei ist. Es ist gerade Wahl."

„Du kannst uns nicht zufällig sagen, wo wir uns hier befinden?", fragte Tiik ungeduldig.

„In der Reichshofschule in Westhofen. Im Kreis Unna." Die beiden Elfen wechselten einen Blick.

„Es könnte eine alte Orksprache sein", überlegte Tiik.

„Das ist reine Menschensprache, gesprochen in einer Menschenwelt in der gerade eine Wahl von Menschen stattfindet. Zu der müsste ich jetzt eigentlich zurück, da ich Wahlhelferin bin."

„Was wird denn gewählt?", fragte Nat.

„Der Bundestag."

„Was auch immer das ist. Ich frage lieber nicht. Aber wie das hier so abläuft, würde ich schon gerne mal sehen."

Tiiks Reaktion fiel spärlicher aus. Besser gesagt, war sie gar nicht begeistert.

„Nat! Das bringt uns nicht weiter! Wir müssen wieder zurückfinden!"

„Stimmt. Unsere Mission hat oberste Priorität", pflichtete er Tiik bei. „Aber bist du gar nicht neugierig?" Prüfend warf er einen Blick auf die Halbelfe. Zugegeben hätte sie es nicht, aber in ihren Augen blitzte es verräterisch. Sie war einfach immer zu besorgt, um sich ihrer Neugierde hinzugeben.

„Scheinbar laufen die Wahlen hier anders ab als in unseren Heimatdörfern. Vielleicht könnten unsere Menschen was von diesen hier lernen!"

Mal abgesehen von der Tatsache, dass er selbst einer war, brauchte es bei einem Sturkopf wie ihr einiges an Argumentationskunst.

„Vielleicht ist das sogar der Grund, warum wir hier gelandet sind! Ein Teil der Mission?"

Sie stieß einen Laut aus, der irgendwo zwischen Seufzen, Grunzen und Grummeln lag.

„Dann versuchen wir es eben, damit wir schnell weiterkönnen!"

„Halt!", rief das Mädchen und griff nach Tiiks Hand, die bereits auf dem Türschloss lag. „So könnt ihr nicht da raus!"

„Richtig, du sagtest ja, dass die Menschen hier keine Elfen kennen. Mach dir keine Sorgen. Schon mal was von Zauberglanz gehört? Vermutlich nicht. Bist ja ein Mensch. Sieh hin und staune!"

Nat grinste überheblich. Der Zauberglanz glänzte nicht wirklich. Woher der Name kam, wusste man nicht. Es wirkte eher so, als würde Nat für einen Moment verschwimmen. Die Konturen seiner Flügel verliefen, bis sie nicht mehr zu sehen waren. Seine Ohren schrumpften und wurden runder. Er schien sogar ein paar Zentimeter kleiner geworden zu sein. Seine Verwandlung schloss er mit einer theatralischen Pose ab, die in der winzigen Toilettenkabine eher albern wirkte.

„Angeber!", meinte Tiik kühl und begnügte sich damit, ihre zotteligen kurzen Haare über die spitzen Ohren zu zupfen.

„Und die Kinder, die hier unterrichtet werden? Wo sind die eigentlich? Haben die schon gewählt?", fragte Nat, als sie dem Mädchen über den Flur folgten.

„Man darf erst mit achtzehn wählen. Oder, bei anderen Wahlen, auch schon mal mit sechzehn."

„Ha, Tiik, dann darfst du bei dieser Wahl jedenfalls nicht mitmachen. So ein Pech aber auch!"

„Ihr dürft beide nicht wählen, da ihr hier nicht ansässig seid", warf das Mädchen ein.

Nat rümpfte beleidigt die Nase. Tiik kicherte.

Sie erreichten eine Klassenzimmertür. Nat und Tiik lugten hinter dem Mädchen in den Raum hinein.

„Ja, dann brauche ich einmal Ihre Wahlbescheinigung", sagte einer der Menschen darin zu einem anderen. „Nein, Ihren Personalausweis brauche ich nicht. Den Rest bekommen Sie von meiner Kollegin."

Die junge Wahlhelferin eilte hinter die zwei Tische, die direkt links von der Tür aufgestellt waren. Dort saßen bereits eine Frau und ein bärtiger Mann mit leicht lockigem grauen Haar. Die Frau mochte ungefähr so alt sein wie Nats Mutter. Sie hatte kurze stachelige Haare, wie Mek sie trug. Gerade sah er, wie das Mädchen einer faltigen Dame mit braunen Locken und weißem Haaransatz einen gefalteten Zettel reichte. Wie konnten Haare denn bloß so seltsam aus dem Kopf wachsen?

„Es sind aber nicht viele Leute da, nicht wahr?", meinte die alte Frau, während sie den Zettel entfaltete. Er war erstaunlich lang. Da Elfenaugen besser sind als die von Menschen, konnten Nat und Tiik noch von ihrem Platz an der Tür aus erkennen, dass auf dem Papier zwei Spalten mit unzähligen Kästchen abgebildet waren. Es standen Worte und Buchstabenfolgen darin, die für sie keinen Sinn ergaben.

„Die meisten Leute kommen eher am Vormittag."

„Ah ja", sagte die alte Frau, blickte aber bereits auf den seltsamen Zettel und bewegte sich vom Eingang weg. Hinten im Raum konnte Nat zwei andere Tische sehen. Auf beiden hatte jemand eine hohe Holzecke aufgestellt. Nat trat etwas weiter vor und sah, wie die alte Dame hinter dem rechten Holzding verschwand. Was machte sie wohl dahinter? Sehr geheimnisvoll. Einige Zeit später kam sie wieder hervor.

„Ähm, was hat die Frau dahinter gemacht?", fragte Tiik.

„Sie hat den Stimmzettel ausgefüllt. Es ist schließlich eine geheime und anonyme Wahl. Heute Abend werden alle Stimmen ausgezählt."

„Heißt das, ich könnte für eine Kobold-Abwehranlage mit Salzschleudern rund um das Dorf stimmen und die Wahl gewinnen?", fragte Nat. „Ich habe nämlich das Gefühl, viele aus meinem Dorf wollen nicht zugeben, dass meine Ideen teilweise einfach genial sind."

„Wenn diese Option auf dem Stimmzettel vorhanden ist, bestimmt."

„Eher unwahrscheinlich", meinte Tiik.

„Trotzdem praktisch. Ich finde, das könnten wir auch so machen und nicht nur per Tischklopfen abstimmen!" Er bemerkte, dass an der rechten Seite des Raumes ebenfalls Tische standen. Hinter ihnen wartete eine weitere Frau. Vor ihr stand eine große Kiste mit einem Stück Papier darauf. Die schrumpelige Dame trat davor und die Frau zog das Blatt auf der Kiste zur Seite, sodass ein schmaler Schlitz zum Vorschein kam. Die alte Dame warf ihren Stimmzettel hinein. Die Frau schob das Papier wieder über den Schlitz, als man den Zettel in der Kiste dumpf auf die anderen fallen hörte.

„Celine, wo sind deine seltsamen Begleiter hin?" Das Mädchen sah sich abrupt um und lief sogar ein Stück hinaus auf den Flur, doch weit und breit war nichts mehr von einem großen Elfenjungen und seiner Halbelfenbegleitung zu sehen.

Ausgerechnet der Taugenichts Nat soll in Lea Günthers Fantasy-Roman mit dem Titel Die Phönixträne *die Materialien finden, aus denen allein das Schwert geschmiedet werden kann, mit dem sich laut Orakel der Krieg gegen die Ungeheuer gewinnen lässt. Auf seiner Mission findet er sich allerdings in Verwicklungen wieder, die einen daran zweifeln lassen, ob die Rollen in diesem Krieg so eindeutig verteilt sind, wie es scheint.*

Kamila Dobner
Die Zweitstimme

Es ist Sonntag früh. Okay, für normale Menschen ist es bereits Vormittag, aber in der Welt der Gastronomie eher mitten in der Nacht. Lana liegt in ihrem Bett, als ein Sonnenstrahl leicht ihr Gesicht streichelt. Angeekelt dreht sie sich weg und zieht sich die Decke über den Kopf. Ein leises Murren von der Seite, denn er liegt noch neben ihr. Taxi, ihr geliebter Mischlingshund träumt laut vor sich hin. Wahrscheinlich jagt er gerade ein Kaninchen. Als Lana gerade dabei ist wieder in tiefen Schlummer zu fallen, vibriert ihr Telefon.

> 11:47 Mo: Kommst du heute? Oder ging die Nacht-schicht wieder bis 6 Uhr?
> 11:47 Lana: Fuck, sorry. Ja. Ich ziehe mich sofort an. Hast du Bock Kaffee klarzumachen? Ich schaff das sonst nicht.
> *Mo schreibt...*
> 11:48 Lana: Ich ziehe mich eben an. Wo treffen wir uns?
> *Mo schreibt...*

Lana geht schnell ins Bad und macht sich grob fertig. Die Haare irgendwie zu einem Dutt zusammen, einen Hoodie über das schon getragene Top, die türkisfarbene Jogging-hose an und natürlich zwei verschiedene Socken, während sie durch die Wohnung hüpft, ihre Zahnbürste im Mund. Verzweifelt versucht sie sich irgendwie die Zähne zu putzen. Keine zehn Minuten später ist sie fertig. Also, eher so „fertig". Jeder andere würde es sich noch mal überlegen, *so* rauszugehen. Immerhin stimmt die Maniküre noch vom gestrigen Abend, im Gegensatz zum Rest-Make-Up im Gesicht.

11:50 Mo: Klar, ich laufe eben zu Woyton. Schwarz mit Milch? "Ich schaff das nicht" - mimimi... Du musst doch nur kurz da stehen und warten. Ich mache doch das Kreuz, nicht du. Das ist ne mega Verantwortung, die ich hier an den Tag lege. 12:01 Lana: Bin unterwegs.

Eben noch das Fenster öffnen, sich die Leine schnappen und leise pfeifen. Taxi erwacht aus seinem Tiefschlaf und freut sich noch ganz verschlafen auf einen Spaziergang, während er auf Lana zutorkelt. Er rutscht leicht auf dem Parkett aus, Lana lacht, läuft ihm entgegen und bringt die Leine an.

„Na komm, du Tollpatsch!"

Kaum draußen zündet sich Lana eine Zigarette an und läuft langsam in Richtung Wahllokal. Seit Wochen gibt sie sich das ganze Gelaber und ist genervt davon. Wahlen hier und da... CDU, SPD, AfD, wtf usw.

Grundsätzlich hat Lana damit überhaupt kein Problem. Ganz im Gegenteil. Aufklärung ist super! Sie ist genervt, weil sie nicht mitwählen darf, da sie keine deutsche Staatsbürgerschaft hat. Seitdem sie acht Jahre alt ist lebt sie in Deutschland und fühlt sich sowohl deutsch als auch polnisch. Als sie zwanzig wurde, kam jedoch das bittere Erwachen. Als EU-Bürgerin darf sie nur an den Wahlen in Kreisen und Gemeinden teilnehmen, jedoch nicht an Bundestags- und Landtagswahlen. So sagt es der Artikel 28, Absatz 3 des Grundgesetzes. Sie hat es nachgeschlagen. Seit dieser Erkenntnis ist sie von Wahlen genervt. Da interessiert sich einer für das Land in dem er lebt und darf dennoch nicht mitentscheiden. Trotzdem geht sie jedes Mal ins

Wahllokal, beobachtet die Menschen und Mo, ihren besten Freund, dem sie ihre Zweitstimme gibt, damit sie doch mitwählen darf, irgendwie. So auch an diesem Sonntag. Er hat kein Problem damit, weil beide sich politisch sowieso einig sind, außer dass Lana mit der Situation immer etwas unzufriedener ist. Seit zwei Tagen spielt Lana mit ihrem Wahl-O-Mat herum und tut so, als würde sie an allem teilnehmen.

Nach zehn Minuten kommt sie endlich an ihrer alten Grundschule an, wo Mo auf einem Spielpferdchen mit zwei Kaffee in den Händen auf sie wartet. Taxi freut sich sichtlich ihn zu sehen und ist schon wieder hellwach. Was man von Lana nicht behaupten kann. Sie lässt die Leine los, sodass der Hund schon mal auf Mo zulaufen kann, zieht noch einmal genussvoll an ihrer Zigarette, schnipst sie weg und schlendert auf das Schulgelände.
„Noch eine rauchen, bevor wir reingehen?", fragt Mo.
„Mal gucken. Brauche erst mal den Kaffee!"
Lana setzt sich auf einen Metall-Hippo neben Mo und trinkt gemütlich das schwarze Gebräu. Langsam beginnt auch sie endlich, die Sonnenstrahlen zu genießen.
„Kannst du bis zur nächsten Wahl nicht einfach mal deutsch werden?"
„Ich weiß es nicht. Mein anderes Land braucht mich ja auch noch. Abgesehen davon ist so eine Staatsbürgerschaft halt auch nicht gerade günstig. Ich müsste zwar den Einbürgerungstest nicht machen, aber da kommen immer noch einige Euro an Kosten zusammen. Ich verstehe halt nicht, wieso ich nicht mitwählen darf, obwohl ich hier schon so lange lebe!"
„Du musst dich schon entscheiden. Ich bin ja auch nur deutsch und mehr nicht."

„Ja, du hast leicht reden als Deutscher in Deutschland. Ich will mich halt grundsätzlich nicht für immer an etwas oder jemanden binden."

„Ein Hund ist okay, aber eine Staatsbürgerschaft zu viel?"

„Jetzt setz' mich nicht unter Druck und zieh meinen Taxi da nicht mit rein! – Was ist denn nun? Gehen wir wählen oder was?"

„Dann sag an! Wem gebührt meine teure Zweitstimme?"

„Wie immer", antwortet Lana mit einem wohligen Lächeln im Gesicht, während sie Taxi locker an ein Geländer bindet, bevor sie mit Mo das Wahllokal betritt. Nach 15 Minuten sind sie fertig, schnappen sich Taxi und gehen noch etwas spazieren.

„Gehen wir noch zu dir?", fragt Mo.

„Nee, lass mal lieber ins Pub. Nach dem Wochenende sieht es bei mir immer so chaotisch aus. Das will ich dir nicht antun. Außerdem arbeitet Fred heute. Dann hast du was zum Gucken."

„Ja, vorausgesetzt ich kann den Blick von deiner hässlichen Jogginghose abwenden. Was ist da beim Einkauf schief-gegangen?"

„Verurteile mich nicht, ich liebe sie!", sagt Lana und presst ihren Handrücken dramatisch gegen die Stirn. „Außerdem sieht mein Arsch in der Hose ganz schön gut aus. Ich ziehe damit alle Blicke auf mich!"

„Bei der Farbe kann man auch schlecht weggucken."

„Genau. Sie erfüllt ihren Zweck!"

Lachend laufen sie die Straße Richtung Wild Rover runter und sehen schon, wie Fred die Terrasse herrichtet.

Charlotte Roche und Michel Houellebecq wären die Namen, die in einem Gespräch als Vergleiche fielen, wenn es darum ginge, Kamila Dobners Roman an einen Verlag zu verkaufen. Schließlich lebt ihre

Protagonistin Lana zunächst ebenfalls so hedonistisch wie zufrieden (und explizit pornografisch beschrieben) ihre Bedürfnisse aus und vernascht als Barkeeperin Männer, wie es in früheren Zeiten umgekehrt die Typen mit den Frauen taten. Bis sich gegen ihren Willen sogar in ihr Dasein die Liebe schleicht...

Natascha Herkt
Die große Taube geht wählen

Franziskowskis alte Hände zitterten, als er seine Kreuze auf dem Wahlschein setzen wollte.

„Ich bin nicht alt", denkt er in sich, aber sie hörte nicht hin. Jetzt galt es volle Konzentration aufzubringen, die faltige Fleischhand vom Zittern abzuhalten. Mit Daumen, Zeigefinger und Mittelfinger balancierte sie die Spitze des Kugelschreibers über dem Papier.

„Du musste erst auf das Knöpfchen drücken", dachte Franziskowsi.

„Ruh, Ruh!", entfuhr es ihm, und von sich selbst erschrocken, ließ er den Stift auf den Tisch fallen.

Die Wahlhelfer schauten zu ihm herüber, Augenbrauen wurden angehoben.

Die Pappwand, hinter der Franziskowsis Körper stand, zitterte.

„Verlier` jetzt bloß nicht die Nerven, Taube", dachte Franziskowski. „Siehst du die Frau in dem grünen Pulli da drüben? Das ist die Tochter von 'ner Arbeitskollegin meiner Frau."

Die Riesentaube wusste nicht, weshalb diese Information für die jetzige Situation von Relevanz sein sollte. Sie betrachtete die Frau, die gerade von einem köstlich aussehenden Gebäckstück abbiss und fragte sich, ob sie vielleicht geneigt war, ihnen etwas davon abzugeben.

Bei dem Gedanken sammelte sich eine Flüssigkeit im Mund des geliehenen Franziskowsis, mit der die Taube nichts anzufangen wusste. Menschen, beunruhigende Wesen.

Ein Faden Speichel troff aus dem Mund des Hausmeisters und sammelte sich in einer viskösen Pfütze auf dem Schülerpult der provisorischen Wahlkabine.

„Mund zu, Taube, es zieht!", mahnte Franziskowski und die Taube merkte, wie er an ihr zog, um die Kontrolle über seinen Körper wiederzuerlangen.

Das war nicht empfehlenswert.

Schließlich war es die Aufgabe des Hausmeisters, den überwiegenden Teil der Kontrolle über ihren zweiten Körper, der sich auf dem Dach befand, zu übernehmen. Sie bemerkte, wie ihre Taubenbeine zu zittern begannen, die sich am Dachgiebel der alten Grundschule festkrallten. „Das war deine Idee mit dem Wählen, also reiß dich zusammen und mach hinne. Die Leute gucken schon."

„Ruh", grummelte die Taube verhalten in ihren Bart und ruckte zweimal, dann dreimal mit dem Kopf hin und her, um sich wieder zu sammeln und dem entfalteten Papier vor sich zuzuwenden. Es war wirklich sehr nett von Franziskowski gewesen, ihr seine Stimme zu geben.

Der Alte hatte tatsächlich nicht wählen gehen wollen. Und er hatte das genau so wenig beschämend gefunden, wie die Tatsache, dass sie als Taube sich besser über das politische Tagesgeschehen informierte, als er – ein Mensch.

Wenn sie an manchen gemeinsam verbrachten Abenden ihre Neuralhelme trugen, um Gedanken auszutauschen, hielt die Taube ihm genau das vor. Doch Franziskowski zuckte dann bloß halbherzig mit den Schultern. „Politik ist doch immer derselbe Nepp."

„Aber ihr Menschen habt die Demokratie doch erfunden."

„Und nur weil mein Kollege aus dem Fenster springt, mach ich das dann auch? Du pickst doch auch nicht in allem herum, was ich auf den Boden fallen lasse, nur weil deine Verwandten auf der Unibrücke das so machen."

Die Taube fand noch immer, dass das ein äußerst schiefer Vergleich war, doch bevor sie etwas entgegnen konnte, hatte Franzsiskowsi bereits seinen Helm abgesetzt und damit war das Thema jedes Mal beendet gewesen.

Nach einigen Versuchen hatte die Taube es schließlich mit beiden Händen geschafft, den Kugelschreiber zu aktivieren und in eine schreibfähige Position zu bringen. Die Präsenz Franziskowskis war nun fast vollständig aus seinem Körper gewichen, das Wahlgeheimnis schien er also wenigstens zu respektieren.

Die Taube hatte des Längeren darüber nachgedacht, welche Wahlentscheidung sie treffen sollte.

Sie war die einzige Taube inmitten so vieler Menschen. Nach welchen Maßstäben sollte sie ihre Entscheidung treffen? Sie konnte mit den Menschen nur wenig anfangen, viele verabscheute sie sogar, weil sie grausam oder dumm waren.

Franziskowski war okay. Aber er war eine Ausnahme.

Und nun würde sie nach einem System der Menschen abstimmen, das sie undurchdacht und verbesserungswürdig fand, für einen Staat, den sie für noch viel undurchdachter und verbesserungswürdiger hielt.

Trotzdem reizte sie der Gedanke, damit davonzukommen und als einziger Nicht-Mensch abzustimmen. Wüssten die Menschen davon, könnten sie das genauso wenig ertragen, wie wenn man ihnen beim Vorüberfliegen in den Pool schiss. Auch wenn die verschwindend geringe Menge an Kot das Wasser quasi unverändert ließ, machte es sie rasend.

Die Taube gurrte erheitert in sich hinein.

Und doch war sie kein reines Tier. Allein, dass sie die Konzepte „Tier" und „Mensch" dachte, unterschied sie von den anderen Tauben. Ohne die Menschen, die sie großgezogen hatten und ohne ihre Experimente hätte es die Riesentaube gar nicht erst gegeben. Man hatte sie nach menschengemachten Regeln erzogen und ihr eine menschliche Sprache beigebracht, die ihr dermaßen in Fleisch und Blut übergegangen war, dass sie sogar in ihr dachte.

Auch wenn sie es ungern zugab, war sie den Menschen zu Dank verpflichtet.

Ohne die Menschen gäbe es sie in ihrer Einzigartigkeit nicht. Gleichzeitig waren sie die Ursache dafür, dass sie für immer von ihren Artgenossen getrennt sein würde. Einsam in den Katakomben unter der Synergie-Uni Bochum ihr Dasein fristend, seit das Forschungsprojekt eingestellt und die Wissenschaftler in alle Winde verstreut worden waren.

Franziskowski, der Hausmeister war ihr einziger Freund. Selbst ihre heimlichen Ausflüge in die Außenwelt bereiteten ihr nur wenig Freude. Was wünschte sie diesen Menschen?

Hätte die Taube es sich leichtgemacht, hätte sie die Tierschutzpartei gewählt.

Bewirkt nichts, schadet nicht. Und es ließe sich vor Franziskowski behaupten, man hätte für das Wohlergehen seiner Artgenossen abgestimmt. Im Namen einer Verbesserung der Lebensbedingungen in ihren Slums unter den Menschen.

Aber wollte sie das? Was kümmerten sie diese unreflektierten Geschöpfe, die auf verkrüppelten Beinen ihrem traurigen Schicksal davonbalzten? Waren sie es nicht wert, dass sie zugrunde gingen?

„Du bist viel zu intellektuell, Taube. Wähl doch einfach das, was dir selbst am meisten bringt." Der Hausmeister war also doch noch in diesem Kopf präsent. Die Taube sinnierte und ging in sich. Sie drehte sich um und starrte in die gläsernen Knopfaugen des riesigen Stofflöwen auf dem Schrank hinter ihr. Auch er hielt augenscheinlich nichts vom Wahlgeheimnis. Was er wohl wählen würde? Mit den politischen Konzepten „links" und „rechts" konnte die Taube wenig anfangen. Überhaupt mochte sie Ideologien nicht. Da hatten die Menschen schon einen so ausgereiften Verstand und benutzten ihn nur zur Vereinfachung. Anstatt selbst zu entscheiden, gaben sie die Entscheidung an andere weiter, die dafür bezahlt wurden, unangenehme Entscheidungen zu treffen. Doch selbst die schoben ihre Entscheidungen ab und benutzten auch nicht ihren eigenen Verstand, sondern hielten sich an Wirtschaftsinteressen oder Allgemeinplätze aus dem jeweiligen Parteibuch. Der Mensch sah sich ungern als das, was er nun einmal auch war: ein Tier. Und Tiere sind unvernünftig und pragmatisch. Bei Termiten gäbe es diese Probleme nicht. Egal wie sie es auch wendete, es gab nur „extrem", „verwässert" oder „extrem verwässert" als Wahlmöglichkeiten. Wenn man wenigstens Wale wählen könnte, die waren sozial, sympathisch und setzten ihr Walnussgehirn äußerst effizient ein.

Doch gar nicht wählen, so wie Franziskowski das machte...

„Aber mir bringt doch nichts irgendwas!", entfuhr es dem Mund des Hausmeisters.

Wieder hüpften die Augenbrauen im Wahlbüro.

Sie spürte, wie sich eine Übersprungshandlung in ihr anbahnte. Muss picken. Muss picken. Doch sie hatte gar keinen Schnabel. Die Handflächen des Hausmeisters begannen zu transpirieren, ein widerlicher Säugetiermechanismus bei Stress, der den Stift in ihrer Hand glitschig und ebenso widerlich machte.

„Reiß dich zusammen, Taube!" Doch das Seufzen Franziskowskis, das dem Taubenkörper auf dem Dach in Form eines traurigen Gurrens entwich, zeigte bereits, dass er nicht an sie glaubte.

Auch ihre eigenen angeborenen Taubenmechanismen, die ihr das Reptilienhirn ihres Körpers auf dem Dach diktierte, machten ihr nun zu schaffen. Am liebsten wäre sie losgerannt und hätte eine Ecke des Klassenzimmers angebalzt. Es war so erniedrigend, aber nicht zu vermeiden. Dieser innere Konflikt war nicht länger auszuhalten:

Sie. Musste. Picken. Jetzt!

Der Kopf des Hausmeisters donnerte auf die Tischplatte.

„Au!", schrie Franziskowski und strauchelte auf dem Dach. Die Wahlhelferin im grünen Strickpullover riss den Kopf herum und starrte der Taube im Franziskowski-Kostüm mit einem vernichtenden Blick entgegen. Der Hausmeister knüllte den Wahlzettel mit beiden Händen zusammen und wischte sich damit einen Tropfen Blut von der Nasenspitze. „Und dabei hast du so viele Politiksendungen geschaut, um dir eine Meinung zu bilden", stellte Franziskowsi fest. „Tja." Die Frau wollte gerade aufstehen und etwas sagen, als die Hände des Hausmeisters zu seinem Mund wanderten.

Ob es hauptsächlich Franziskowski war oder die Taube selbst, die sich den Wahlzettel in den Mund stopfte, unter Aufbringung all ihrer menschlichen Kaukräfte zerkleinerte und schließlich mit einem angestrengten Gesichtsausdruck herunterschluckte, darüber wollte sie an diesem Tag nicht sprechen. Nachdem die Taube in Franziskowskis Körper zügig das Wahlbüro verlassen hatte und sich hinter das Gebäude begab, wo zwischen den Mülltonnen verborgen bereits Franziskowski im Taubenkörper auf sie wartete, wechselten beide wieder vollständig in ihre urspünglichen Körper hinein und deaktivierten die Gemini-Armbänder an ihren Handgelenken.

Dann flog die große Taube mit ihm zurück in ihr Zuhause. An einem begrünten Hang des Botanischen Gartens befand sich eine Bodenluke, die ins Labyrinth unter der SUB führte.

Am Abend sahen die beiden sich das Wahlergebnis im Fernsehen an. Die Taube marschierte auf ihrem Lauf-und Pick-Band, um sich abzureagieren, während der Hausmeister auf einem der Drehstühle des alten Labors hin und her fuhr und dabei ein Bier nach dem anderen trank.

Während Franziskowski der Taube zuprostete und sich in seiner Politikverdrossenheit bestätigt sah, war sie froh darüber, dass sie heute Abend keine Neuralhelme trugen.

Natascha Herkts Ruhr-Uni-Roman Das Taubenlabyrinth erzählt von Elisabeth Sattler, einer vom realen Leben an der Universität zurechtgestutzten Idealistin, die einem Geheimbund auf die Schliche zu kommen glaubt, der auf dem verschachtelten Campus der, frisch nach ihrem neuen Sponsor in „SUB" umbenannten, Synergie-Universität Bochum sein Unwesen treibt. Innerhalb von sechs Semestern zum Bachelor... Mit Synergie-Energydrinks! Eine übermütige Mischung aus kafkaesker Absurdität und satirischer Science-Fiction.

Lara Geiecke
Der stumpfe Stift

„Wahllokal". Auf einem Blatt, kaum größer als eine halbe DIN A4-Seite, steht dieses Wort. Danke für nichts, denn wenn man nicht weiß, wo sich das Wahllokal befindet, würde man auch diesen Zettel übersehen. Ich gehe jetzt schon zum dritten oder vierten Mal hin, so dass ich glücklicherweise den Raum sofort finde. Wer weiß, wie die Wahlbeteiligung ausfallen würde, hätte man das Wort auf ein Blatt der Größe DIN A1 gedruckt.

Es ist 15 Uhr und das Wahllokal rappelvoll. Nein, Spaß. Ich kann direkt zur Wahlurne durchgehen. Aufgehalten werde ich lediglich von dem kleinen Hund einer anderen Wählerin, der an mir hochspringt und gestreichelt werden möchte. „Vielleicht sollte ich doch die Tierschutzpartei wählen", schießt es mir durch den Kopf. Ich bin sehr leicht beeinflussbar und kaufe auch sämtliche Produkte nach ihrem Aussehen. Aber ich schweife ab. Erstmal muss jetzt der Hund gekuschelt werden. Ist nicht weiter schlimm, da ich niemandem den Platz an der Urne wegnehme. Um diese Zeit hält sich die Wahlbeteiligung wie gesagt in Grenzen. Sicher liegt es nur an dem winzigen Hinweisschild und nicht an der Ignoranz der deutschen Bevölkerung gegenüber dem Thema Politik.

Als ich irgendwann doch an der Urne ankomme – der Hund wurde leider von seiner Besitzerin mitgenommen – freue ich mich wie jedes Mal über diesen perfekt angespitzten Buntstift, der mir zum Ankreuzen des Wahlzettels bereitgelegt wurde. Sollte sich jetzt im Tisch des Wahllokals ein dicker Kratzer zeigen – der ist von mir, denn ich musste ziemlich fest aufdrücken.

Ich habe mich immer gefragt, warum einige Leute so lange mit ihrem Wahlzettel beschäftigt sind. Ich meine, die überlegen doch nicht ernsthaft erst im Wahllokal, wen sie wählen, oder? Nun bin ich mir fast sicher, dass es an den Stiften liegt. Ab sechzig wird es sicher immer schwieriger, diesen stumpfen Stumpen so fest aufzudrücken, dass der Wahlzettel überhaupt als angekreuzt anerkannt wird. Ich bin allerdings froh, dass ich überhaupt wählen darf schließlich bin ich kurz vor der Wahl umgezogen und hatte schon Sorge, dass die deutsche Bürokratie mir einen Strich durch die Rechnung macht. „Wie, Sie wohnen in einer anderen Stadt? Nein, dann können Sie hier nicht wählen, auch nicht mit dieser Wahlbenachrichtigung." Ich hatte mir das alles schon ausgemalt und war fast enttäuscht, dass ich mich nicht mit den Wahlhelfern streiten musste. In Zukunft werde ich das Problem sowieso nicht mehr haben. Hier auf dem Land kennt jeder jeden und eine Wahlbenachrichtigung, geschweige denn ein Ausweis, sind hier überflüssig.

Ich verlasse das Wahllokal, nehme mir fest vor, mich bis zur nächsten Wahl mehr mit Politik zu befassen und gehe in dem Wissen, dass ich es eh nicht tun werde, nach Hause. Bürgerpflicht erfüllt.

Es ist kein Wunder, dass die Ich-Erzählerin von Lara Geiecke lieber ausführlich einen Hund bekuschelt, als sich mit Menschen abzugeben. Als Kind wurde sie von ihrer Mutter in den Schlankheitswahn und die Magersucht getrieben. Als erwachsene Ermittlerin der Polizei kommt sie in dem Roman mit dem Arbeitstitel Goldwaage *einer Psychopathin auf die Spur, die Mädchen entführt und „nur zu ihrem Besten" aushungert.*

Julia Manz
Wir sind gleich wieder weg

Die Sonne schien hell an diesem Herbsttag. Fast hätte man ihn für einen Sommertag halten können, wären nicht bereits vereinzelt die braunen Blätter von den umliegenden Bäumen zu Boden gefallen, um dadurch die wahre Jahreszeit zu verraten.

Henry saß auf einer Bank in sicherem Abstand zum Gemeindehaus gegenüber und nahm den Blättertanz gar nicht wahr. Stattdessen beobachtete er missmutig das Menschengetümmel. Das Gemeindehaus war etwa zwanzig Jahre alt und bestand aus zwei Teilen. Der eine ragte etwas hervor und beherbergte hinter einer großflächigen Glasfront den Aufenthaltsraum, der gerne für Veranstaltungen gemietet wurde.

Im hinteren Teil befanden sich die restlichen Räumlichkeiten. Die Wände waren in einem beigefarbenen Ton gestrichen und die Ziegel auf den Dächern, die entgegengesetzt flach abfielen, knallrot.

„Wahltag", murmelte er vor sich hin, während er an seiner Zigarette zog. „Sowas geht doch auch per Brief." Diesen Drang der Leute, sich gerne mit anderen Menschen zu umgeben, würde er nie verstehen.

Ihn belastete das Chaos, das mit ihnen einherging. Die ungefilterten Worte, die ihren Mund verließen. Der Fluss an Gedanken, so intensiv, dass sie spürbar wurden. Die unterschiedlichen Charaktere. Und vor allem: Dieser Gestank, der von jedem Einzelnem dieser Individuen ausging. Unerträglich.

Von derlei Empfindungen unbehelligt, drang das fröhliche Geplauder zweier älterer Damen an sein Ohr. Zwei Meter weiter erklärte eine Mutter ihrem kleinen Sohn das Prinzip der Wahl. Henry ergatterte nur Bruchstücke des Gesprächs. „... so können wir über die Zukunft unseres Landes mitbestimmen."

Hätten sich die Bewohner Karpatiens damals gegen die Machtübernahme durch meinen Cousin gewehrt, wäre wahrscheinlich alles anders gekommen, dachte Henry.

In einem Porsche Cayenne kam ein Paar vorgefahren und parkte direkt auf dem Behindertenparkplatz. Sie stiegen aus und erweckten in ihrem Outfit den Eindruck, als würde die Wahl sie von ihrer sonntäglichen Arbeit abhalten.

„Hey, Sie!", rief eine der älteren Damen und rannte erzürnt herbei. „Das ist ein Behindertenparkplatz! Sie dürfen da nicht parken."

„Keine Sorge, wir sind gleich wieder weg", antwortete die Fahrerin. Das Paar verschwand im Wahllokal. Fassungslos schauten die alte Dame und ihre Freundin ihnen hinterher.

„Meine Damen und Herren, soeben sind die FDP-Wähler eingetroffen", murmelte Henry grinsend.

Jack trat aus dem Wahllokal, sah Henry und ging auf ihn zu.
„Und? Warst du auch drinnen?", fragte Jack und setzte sich neben ihn.
„Nö, ich bevorzuge die Briefwahl."
Jack grinste als Antwort.
„Bier?"
„Bier!"

Wenn Henry Sinclair nicht gerade in Deutschland die Wahl beobachtet, betätigt er sich im verregneten London als Detektiv. Als Halbvampir schlägt er sich mit seinem rassistischen Cousin herum, der Mischblütler verachtet. Da seine große Liebe zudem von Vollvampiren getötet wurde, prägt ihn die auch für heutige Krimis typische Mischung aus Trauer, Melancholie und Zorn.

Der Roman von Julia Manz mit dem Arbeitstitel Halbblut *ist als grimmige Urban Fantasy auch Gleichnis auf den von vielen Seiten befeuerten, realen Kulturkampf unserer Tage.*

Dmitrij Hartmann
Geld ist ihre erste Wahl

Eigentlich halte ich nichts von der Bundestagswahl. Am Ende des Tages steht das Ergebnis sowieso fest. Erst recht, wenn die richtigen Leute an der richtigen Stelle geschmiert wurden. Doch selbst, wenn die Wunschpartei nicht gewählt werden sollte, hat man eben in allen wichtigen Parteien wichtige
Personen gekauft. Besonders in meinem Berufszweig, der Automobilindustrie, wird sehr viel Geld in die Lobbyarbeit investiert. Es gibt keine Partei, in der wir nicht mindestens einen Politiker besitzen, der für unsere Interessen eintritt. Selbst bei den Grünen und in der Linken haben wir Sympathisanten. Oder sagen wir: Männer, denen wir durch die entsprechenden Zuwendungen mit der Zeit immer sympathischer wurden.

Aber nun, dachte ich mir, heute ist ein schöner Tag, also gehe ich mal hin und schaue mir das Spektakel an. Vielleicht sehe ich ja etwas Lustiges. So bin ich in meinen Audi gestiegen und zur Grundschule Hamme gefahren, meinem Wahlbezirk. Als ich das Wahllokal betrete, gucken die Helfer verdutzt. Vermutlich sind sie es nicht gewohnt, am frühen Sonntagmorgen einen so
schick gekleideten Typen aus einem derart ansehnlichen Fahrzeug aussteigen zu sehen. Die drei Ehrenamtlichen grüßen recht nett. Im Tausch gegen das Beweisen meiner Identität erhalte ich den Wahlzettel, begebe mich
hinter die Box und falte das Ungetüm auf. An erster Stelle, ganz oben auf dem Papier, prangt selbstverständlich die CDU. So üppig, wie wir sie bezahlt haben, sollte dieses Mal endlich auch wieder auf Bundesebene eine schwarzgelbe

Koalition, so wie im Mai bereits in Nordrhein-Westfalen, gelingen. Doch selbst, wenn nicht, wird „Mutti" Merkel wieder Kanzlerin bleiben. Daher empfinde ich es eigentlich als Zeitverschwendung wählen zu gehen.

Unter der CDU steht die SPD. Ein Verein voller verlogener Charaktere, niemals würde ich hier mein Kreuzchen setzten. Und Martin Schulz, diesen Ex-Alkoholiker, den kann man sowieso vergessen. Doch, selbst wenn die Sozen gewinnen sollten, haben wir auch unter ihnen ausreichend Leute, die für unsere Interessen eintreten. Die Grünen? Kasperletheater. Dann noch eher den Kuli bei den Roten ansetzen. Wobei der Kretschmann ganz gescheit sein soll. Während ich dastehe und meinen Wahlzettel betrachte, kommen weitere Wähler, um ihre Stimme abzugeben. Ein älteres Pärchen, fast vollkommen in
Grau und Schwarz gekleidet. Vermutlich CDU. Eine Familie, die so wirkt, als würde sie das erste Mal im Leben überhaupt ein Wahllokal betreten, angeführt von einem haarlosen Vater, dessen billiges Parfüm schnell den ganzen Raum ausfüllt. Sie wirken asozial auf mich, ebenso wie auf die Wahlhelfer, die sie mit einem abwertenden Blick mustern. White Trash sagt man in den USA. Wahrscheinlich AfD.

Den Blick zurück auf meinen Zettel gerichtet, entdecke ich die Partei, bei der ich mein Kreuz setzte: die FDP. Die einzig vernünftige Partei in Deutschland. Dieses Mal wird sie zu 100 Prozent wieder in den Bundestag einziehen und vermutlich auch wieder mitregieren. In ihren Reihen besitzen wir besonders viele Leute, darunter auch einige echte Überzeugungstäter. Christian Lindner habe ich sogar schon persönlich getroffen. Ein klasse Typ. Während ich mein Kreuz setzte, fällt mein Blick kurz auf die Linkspartei. Diese

Kommunisten. Auch sie sind um unser Geld nicht verlegen. Wie die AfD sich schlagen wird, darauf bin ich gespannt. Im Reichstag Platz nehmen werden sie, doch mitregieren nicht. Sie sind für uns noch ein fast unbestelltes Feld.

Ich knicke meinen Wahlzettel und begebe mich zur Urne. Ein Mann Mitte 40 betritt das Lokal in Begleitung seiner Frau, gekleidet in ein rotes Holzfällerhemd und ausgestattet mit Schulz'schem Drei-Tage-Bart. Ruhrpott-Malocher und sicher Sozialdemokrat. Dem Paar folgen zwei junge Frauen, die sich kleiden, als würden sie gleich auf ein Festival fahren und im Vorbeigehen darüber diskutieren, ob man nur vegetarisch oder doch lieber vegan leben sollte. Diese Kreuze landen bei den Grünen.

Ich lasse meinen Zettel in der Urne verschwinden und bin froh, mich gleich wieder in den Sitz meines Wagens fallen lassen zu können.

Der triefende Zynismus, den Dmitrij Hartmanns Protagonist Iwan bei der Beobachtung der Menschen im Wahllokal an den Tag legt, prägt auch den Roman mit dem Arbeitstitel Autopilot. *Als abgebrühter Lobbyist arbeitet Iwan für die Autoindustrie... bis er einem Skandal auf die Schliche kommt, den nicht einmal er unaufgedeckt stehen lassen kann.*

M.A. Sidney
Der Geschichtenerzähler

Die Stube war gut besucht. Zum Ende einer Woche, wenn alle ihren Wochenlohn erhalten hatten, konnten es sich die Menschen leisten, ihr Geld für Alkohol und Gesellschaft auszugeben. Auch wenn sie Gefahr liefen, den Rest der Woche mit trockenem Brot und schalem Wein vorlieb nehmen zu müssen.

Ohne jemanden zu berühren oder auch nur anzusehen, schob sich Kathleen durch die Menge nach vorne. Die Kleider, die sie trug, fühlten sich auf ihrer Haut merkwürdig an. Waren an Stellen eng, an denen sie es nicht gewohnt war und an anderen viel zu weit. Ob sie sich je daran gewöhnen würde, die Robe einer Novizin gegen die einer Priesterin getauscht zu haben?

Die vielen Lagen Stoff trieben ihr die Hitze ins Gesicht, unter die Haut. Zu dieser Jahreszeit war es abends nicht mehr allzu warm, doch die Stube hatte sich durch die vielen Gäste aufgeheizt. Vermutlich hätte sie auch in ihrer kürzeren Novizenrobe noch geschwitzt.

Hastig wich sie aus, als ein besonders betrunkenes und stinkendes Exemplar von einem Mann an ihr vorbeitaumelte. Auch sonst roch es hier ganz anders als in ihrem kleinen Heim nahe der Stadtmauer. Schweiß statt Staub, Bratenfett statt getrockneter Kräuter, saurer Wein statt Lavendel.

Sie wäre nicht einmal hergekommen, hätte man ihr nicht mehrfach und dringlichst empfohlen, sich an diesem Abend in die Stube zu setzen und dem alten Geschichtenerzähler zuzuhören. Natürlich wusste sie, wie gefährlich Geschichten sein konnten und sie fragte sich, was ein alter Mann ausrichten konnte, dass gleich mehrere Leute sie auf ihn aufmerksam gemacht hatten? Welch' aufrührerische Reden musste er schwingen, um so sehr in den Fokus der Menschen gerückt zu sein?

Ein Kreis aus Kissen war am Boden ausgelegt worden. Sie ließ sich auf eines von ihnen nieder. Ein langer Schatten fiel in dem dämmrigen Licht auf sie. Sie musste nicht einmal aufschauen, um zu wissen wer es war. Ihr bester Freund folgte ihr heute Abend auf Schritt und Tritt.

„Und, weißt du jetzt mehr?"

Sie schüttelte bloß den Kopf. Dass er etwas gegen ihren Besuch hier hatte, war ihr nicht neu, aber sie war der Meinung, dass er es durchaus weniger deutlich zeigen könnte. Benedict konnte wirklich bedrohlich aussehen, wenn er eine dermaßen finstere Miene aufsetzte.

Bevor sie auch nur ein Wort dazu sagen konnte, erregte eine Gestalt ihre Aufmerksamkeit. Der Mann lief gebeugt, sein Haar lag in grauen fettigen Strähnen an seinem Kopf, sein Chiton war eindeutig schon alt und fadenscheinig. Doch seine braunen Augen wirkten hellwach und blitzten im Zwielicht. Kathleen kannte dieses Blitzen, es war der Schalk, der diesem Mann im Nacken saß.

Der Mann setzte sich auf eines der Kissen und wartete geduldig, bis alle Blicke auf ihm lagen. Lange dauerte es nicht. Trotz seines Aussehens und seiner Zurückhaltung besaß er eine Ausstrahlung, die jede andere hier im Raum übertraf. Kathleen spürte sofort, dass sie die Macht des Geschichtenerzählers unterschätzt hatte, und auch Benedict warf ihr wissende Blicke zu.

„Vor langer Zeit, als der König noch regierte und Frieden zwischen den Völkern herrschte, lebte ein Mann. Ein Mann, der den ganzen Tag damit verbrachte, sich fantastische Geschichten auszudenken, um sie in die Welt hinauszutragen und die Menschen mit ihnen zu amüsieren. Er starb schon vor einigen Dekaden, doch meine Mitstreiter und ich sorgen dafür, dass seine Geschichten niemals in Vergessenheit geraten."

Unruhig rutschte Kathleen auf ihrem Kissen hin und her. Niemand, der so von dem König und den alten Zeiten sprach, konnte etwas Gutes im Sinn haben.

„Stellt euch eine Welt vor, in der nichts so ist, wie wir es kennen. Die Menschen laufen nicht, sie fahren in automatischen Wagen, sie bauen Häuser, die den Himmel zu küssen scheinen und sie tragen Kleider aus Stoffen, die keiner von uns je erblickt hat.

In ihren Heimen herrscht nie Kälte oder Dunkelheit, sie kennen weder Hunger, noch Durst und dennoch sind sie nie glücklich. Dabei sind sie doch ihres eigenen Glückes Schmied.

Stellt euch vor, es gäbe keine Magie, keine Tempel, keine", der alte Mann sah Kathleen direkt in die Augen, „Priesterinnen."

Es war vollkommen still geworden in der Stube. Nicht so wie vorher. Es war nicht das erwartungsvolle Schweigen einer unterhaltungssüchtigen Meute. Es war das erschrockene Luftanhalten nach etwas, das lieber ungesagt hätte bleiben sollen.

Kathleen hätte an dieser Stelle einschreiten müssen. Sie hätte diesen Mann auf der Stelle ihrer Mentorin übergeben sollen. Aber seine Dreistigkeit und dieses Funkeln in seinen Augen amüsierte sie. Außerdem war sie gespannt darauf, was in diesem Kopf wohl noch so vorgehen mochte.

„Dann kann man nur hoffen, dass ihr König besser ist", kommentierte sie spitz. Heute mochte vielleicht Unfrieden herrschen, doch jedes Kind wusste, wer daran Schuld trug.

Der alte Mann schüttelte nachsichtig den Kopf: „Kein König. Kein Fürst und auch keine Hohepriesterin. Nach Ablauf von vier Jahren, immer, wenn die Blätter sich zu lichten beginnen und die Tage kürzer werden, versammeln sich diese Menschen in Schulen, Palästen und, ja auch in Gotteshäusern, um selbst zu wählen von wem sie regiert werden möchten.

Abraskus, der alte Denker, beschrieb es so:

‚In Häusern aus Stein versammeln sie sich. Unter Licht, so künstlich, dass es in deinen Augen sticht. Sie stehen Schlange, ob jung oder alt, gesund oder zerbrechlich. Ein jeder kommt, um an diesem Tage eine Stimme für sich abzugeben.

Geheim nennen sie diese Wahl, die an niedrigen Tischen hinter wackeligen Sichtmauern vollzogen wird. Geheim, obwohl das Blatt Papier auf dem die Stimmen mit Kreuzen vermerkt werden so dünn ist, dass man die Wahl dadurch erahnen könnte.

Sie zelebrieren diesen Tag, denn sie legen dort ihre Arbeit nieder. Es ist ein Tag der Familie und ein Tag des Wiedersehens. Ein ganzes Dorf kommt zusammen und was sich einst fremd geworden war, trifft sich wieder.

Und so geschieht es im ganzen Land. Über nichts anderes wird mehr gesprochen. Jeder weiß etwas zu sagen und niemand hält sich zurück. Streits entfachen, auch unter Familien.

Doch abends, wenn das Ergebnis verkündet wird, sitzen sie doch wieder beisammen, gespannt auf das, was geworden war.‘

Abraskus weiß noch viel mehr darüber zu berichten. Er erzählt von Süßspeisen, die an diesen Orten ausgegeben werden. Er berichtet von Menschen, die einen ganzen Tag für dieses Ereignis opfern. Diener der Wahl, nennt er sie.

Er sagt aber auch, dass diese Menschen nicht glücklich sind, nie zufrieden mit ihrer Wahl, unentwegt enttäuscht.

In Abraskus' Geschichten ist nie etwas vollkommen.

Diese Menschen mögen vielleicht nicht glücklich sein, meine Freunde, aber sie haben immerhin eine Chance darauf. Haben wir sie?"

Die letzte, rhetorische Frage des alten Mannes lässt sich bei der Lektüre von M.A. Sidneys High-Fantasy-Roman vorerst nur verneinen. Die Protagonistin Kathleen wächst darin als Priesternovizin in einem diktatorischen Matriarchat auf und tritt nach zwanzig Jahren des Aufenthalts im Tempel das erste Mal in die Welt, um im Laufe der Handlung deren geheime Wahrheiten zu enthüllen.

Amelie Hauser
Gleich gültig

„Wann kommst du denn nachher?"

„Wohin?"

„Ja, zur Wahl. Wir treffen uns doch mit allen, um wählen zu gehen."

Amiras Stimme kratzt im Telefon. Mila schweigt. Die Bundestagswahl. Sie ist sich nicht sicher, ob sie es trotz der auffälligen Reklame, die in der ganzen Stadt angebracht war, tatsächlich vergessen hatte oder es ihr schlichtweg egal war, wie alles andere auch. Kurz überlegt sie, ob sie nachfragen sollte, warum es denn so wichtig sei, dass ausgerechnet sie mitkäme, doch sie verwirft diesen Gedanken sofort wieder. Amira würde sich ohnehin nur aufregen. Doch selbst das ist ihr egal. Mit ihren Fingernägeln kratzt sie einen auffälligen Bandaufkleber von ihrem Schreibtisch. „Ich komme um zwölf", antwortet sie knapp und legt auf.

Mila sitzt auf der Holzbank vor dem Wahllokal und beobachtet die einströmenden Bürger, die bereit sind ihr Kreuzchen auf dem Wahlbogen zu machen. Es mutet ironisch an, dass nun ausgerechnet sie von all ihren Freunden als erstes vor Ort ist. Keine einzige Synapse in ihrem Gehirn versteht die Aufregung um diesen Tag. Sie haben keinerlei Haltung gegenüber der Wahl. Keine Empathie für diesen oder jenen Politiker, die sie seit Wochen von den Plakaten aus angrinsen. Sie empfindet nichts.

Eine laue Brise streift Mila eine Haarsträhne ins Gesicht. Herbstlich bunte Blätter fegen über den Boden und werden an Ort und Stelle von den Menschen vor dem Wahllokal festgetrampelt. Ein dicker Mann mit orangefarbener Steppweste zieht einen grauen Dackel an der Leine hinter sich her. Zwei ältere Damen in langen Regenmänteln unterhalten sich angeregt über die wählbaren Parteien, wobei Mila kaum ausmachen kann, ob sie sich streiten oder tatsächlich nur unterhalten. Die Ältere schlägt zwischendurch mit ihrem Gehstock auf den Boden, um ein wichtiges Argument zu unterstreichen. Tock.Tock. Tock. Hektisch wedelt die Jüngere daraufhin mit den Händen in der Luft herum. Was für ein unnötiges Theater, denkt Mila, und fixiert starr den Asphaltboden. Wie die Hamster im Rad stapfen die Bürger der Stadt in das Wahlbüro, um sich dem politischen System zu fügen. Kleine Bauteile in einem riesigen Uhrwerk. Kaum einer vermag diese Verpflichtung zu ignorieren. Mila hat kein Verständnis dafür, allerdings auch kein Unverständnis. Ihr ist gleich, was die Menschen in ihrer Stadt tun oder lassen. Weder hält sie es für nötig, gleich selbst ihre Stimme abzugeben, noch für unnötig.

Ein junger Mann mit auffälliger Basecap setzt sich neben sie auf die Bank und lächelt ihr flüchtig zu. Mila ignoriert ihn und schiebt mit der rechten Hand ihren grauen Wollmantel unter ihren Hintern, damit keine Gefahr besteht, dass der Fremde sie in irgendeiner Weise berühren könnte. Nicht einmal über den Mantel.

„Hey Mila, du bist ja die Erste", ertönt eine vertraute Stimme. Mit einem breiten Grinsen steht Chris vor ihr und sofort sticht ihr wieder seine Lücke zwischen den Schneidezähnen ins Auge.

„Scheint so", murmelt sie und beobachtet die Lachfalten um seinen Mund herum. „Wird 'ne spannende Sache, diese Wahl, es muss sich dringend was ändern", sagt er und Mila begreift, dass sein entschlossener Blick ihr eine Antwort abverlangt. Doch was soll sie sagen? Es muss sich was ändern. Was muss sich ändern? Warum muss sich was ändern? Was, wenn sich nichts ändert?

Sie konzentriert sich auf ihre Gedanken und fühlt nichts. Gar nichts.

„Vielleicht, ja…", antwortet sie und sieht die Verwirrung in Chris' Blick. Mit dem Kopf deutet sie hinter ihn, wo sich Amira, Janika und Caleb nähern, um die Gruppe zu vervollständigen und zu tun, was sie nicht lassen können.

Die Protagonistin in Amelie Hausers Roman mit dem Arbeitstitel Der Schalter *hat als echter Mensch eine besondere Fähigkeit, die ansonsten nur bei Vampiren in der Fantasy auftaucht: Sie kann vollständig ihre Gefühle abschalten. Je länger sie den Schalter umlegt, desto gefährlicher gestaltet sich eine Rückkehr in die Gefühlswelt.*

Zohra Zahrey
Rechtskurve

Mittlerweile dämmerte es schon und Lu saß im Schneider-sitz mit ihrer Wasserflasche in der Hand auf einem Mauer-vorsprung vor der Grundschule. Das Gebäude stand an einer vielbefahrenen Straße, an der man mit kleinen selbst-gemalten Schildern und einem 30er-Tempolimit für die Sicherheit der Kinder sorgen wollte. Das alte Backsteinge-mäuer war mit Efeu bedeckt. An den Fenstern klebten selbstgemalte Bilder der Schüler, so wie es sich für eine Grundschule gehörte.

Lu dachte an den gestrigen Albtraum. Die Luft war mit einem unangenehmen braunen Schleier belegt, der es ihr erschwerte zu atmen. Ein kalter Schauer lief ihr über den Rücken, obwohl es so vorhersehbar gewesen war. Sie wollte sich nicht daran erinnern und schaute sich achtsam um, wie sie es so oft tat, wenn ihr alles zu viel wurde. Lu war an den Ort zurückgekehrt ohne zu merken, wie ihre Beine sie dorthin getragen hatten. Am Tag zuvor waren die Menschen vornehmlich in Familiengrüppchen, mindestens aber zu zweit, hingegangen. *Stärkte das ihr Zusammengehörig-keitsgefühl? Würden sie immer noch so nebeneinander laufen, wenn sie sich und ihre Meinung nicht hinter den kleinen Kabinen verstecken könnten? Eine Projektion der eigenen Unwissenheit, Unfähigkeit und mangelnder Integration.* Und das war dabei noch die harmlosere Variante. Es gab Millionen von ihnen. Lu schaute sich um, zählte ab. *Jeder Neunte um mich herum.*

Langsam erklomm sie die Stufen zum Eingang der Schule. Die Tür war verschlossen. Am Morgen hatten die Schüler bereits wieder in den Klassenräumen gesessen.

Spurenbeseitigung. Als hätte es nicht stattgefunden. Lu machte sich auf den Rückweg zum Ausgang und dachte dabei darüber nach, welche Spuren nicht beseitigt werden konnten, was der Ausgang dieser Wahl alles in der Geschichte und in den Köpfen der Menschen hinterlassen würde. *Protest.* Und am Ende ein selbstgefälliges Schulterzucken und Wegschauen vor allem Elend und aller Dummheit, die sie selbst mitverantwortet hatten.

„Gib in der Rechtskurve nicht zu viel Gas!", hatte Tante Danielle morgens noch zum Abschied gesagt. Gemeint hatte sie es sicherlich anders. *Wieviel Gas werden sie in der Rechtskurve wohl diesmal geben?* Lu dachte nach. Schaute sich die Menschen um sich herum genauer an. Keiner von ihnen schien irgendetwas wahrzunehmen. Ein Paar lief nebeneinander den Weg an der Schule entlang. Sie näherten sich Lu und starrten dabei auf ihre Handys.
Ein lautes Geräusch zog Lu aus ihrer Beobachtung. Selbst das Zombiepaar schaute zu ihr hinüber. Lu hatte ihre Flasche fallen gelassen, das Glas ging klirrend zu Bruch. *So also wacht Ihr auf.* Lu lächelte. Die Zombies lächelten irritiert zurück. *Gut.* Es war so naheliegend. *Noch müssen wir uns nicht in der Verteidigung gegen die dunklen Künste üben.*

Unvergesslich ist mir der Tag im Seminar, als die Teilnehmerinnen und Teilnehmer mit mir einen Dialog in der Rolle ihrer Hauptfigur führen sollten. Das Gespräch mit Lucille (kurz: Lu) aus Zohra Zahreys Roman gestaltete sich so schwierig, als säße tatsächlich nicht die Autorin vor mir, sondern ihre Figur – ein traumatisiertes, hochsensibles Mädchen mit luziden Träumen, das den Tod seiner Eltern und eine abgründige, in die Science Fiction driftende, Biografie aufzudecken hat.

Jennifer Walaszkowski
Schinken oder SPD?

Als sich die Glastüren der Sparkassen-Filiale durch meinen bloßen Willen auseinanderschieben, erschlägt mich der Geruch von Pizza. Ich sehe mein Abbild in den polierten Steinfliesen unter mir. Im Kontrast dazu: hellbraun getäfelte Wände. Eine Perle der Innenarchitektur. Mein Magen knurrt. Hinter mir betreten Menschen das Gebäude und laufen zielstrebig auf die Geldautomaten zu. Schnelle Blicke über die Schulter, die Augenbrauen zusammengekniffen. Ich frage mich, was sie mehr wundert: dass es hier nach Pizzabude riecht oder dass die Bankangestellten an diesem Sonntag ausnahmsweise anwesend sind.

In meiner Tasche wühlend trete ich an die Tischreihe in der Mitte des Raumes, hinter der vier junge Damen sitzen. Zwei blond, zwei brünett. Zwei bebrillt, zwei nicht. Immer abwechselnd. Wie das Muster der Steinfliesen. Während ich weiterhin in meiner grauen Umhängetasche nach dem Wahlbescheid suche, lasse ich meine Mundwinkel pflichtbewusst nach oben wandern. Das braune Paar Augen hinter der schwarzgerahmten Brille kommt mir bekannt vor. Eine alte Schulkameradin. Lächelnd zuppelt sie an ihrem Pullover. Schwarz und weiß, immer abwechselnd. Ja, ich habe an diesem Tag auch Besseres zu tun und fühle mich unwohl, aber es ist ja meine Pflicht als deutsche Bundesbürgerin, heute zwei Kreuze in zwei Kreise zweier Listen zu setzen. Obwohl nicht alle das so sehen.
Mein Ex-Freund Marco glaubt, unser Land sei ohnehin schon verloren. Da würde es keinen Unterschied machen, ob er wählen ginge oder nicht. Sowieso gäbe es keine Partei, die seine Meinung vertrete und nun, darin muss ich ihm

recht geben. Eine politische Gruppierung, die je nach Gefühlslage ihre Ausrichtung von links auf rechts und wieder zurück wechselt, gibt es tatsächlich nicht. Dafür aber genügend Kandidaten, die die Schuld immer bei den anderen finden. Man muss es nur gut verkaufen. Platons Kritik an der Demokratie klingelt mir im Ohr und mir wird klar, dass der heutige Tag wieder einmal beweisen wird, was für eine gefährliche Sache dieser Populismus doch ist. Manchmal sollte man auf die alten Herren hören.

Ich reiche meinen Wahlbescheid einer der vier austauschbaren Damen, während sich zwei davon ein Stück Pizza in den Mund schieben. Mein Magen knurrt, diesmal hörbar. In meinem Mund läuft das Wasser zusammen. Schinken-Tabasco-doppelt-Käse? Oder doch lieber Peperoni-Champignon? Mit dem Wahlzettel in der Hand schreite ich zu einem ausgeklappten Pappkarton auf dem „Wahlkabine" steht. Es ist wichtig zu wissen, welchen Belag man auf seiner Pizza möchte. Ist die Bestellung erst einmal erfolgt, kann man sie nicht mehr rückgängig machen. Dann darf man auch nicht enttäuscht sein, wenn die Lieferung kommt und einem der Sinn plötzlich doch mehr nach Schinken steht als nach SPD. Erfahrung ist da von Vorteil. So weiß man, was einem schmeckt. Ananas auf die Pizza packen, nur weil im Moment jeder darüber spricht und lautstark prophezeit wird, die neue Frucht revolutioniere das Geschmackserlebnis? Sehr riskant. Stellen Sie sich mal vor, sie müssten vier Jahre lang den Geschmack von Thunfisch auf Ihrer Zunge ertragen, obwohl Sie ihn gar nicht ausstehen können. Oder noch schlimmer – Ihnen wird der Thunfisch gegen Ihren Willen in den Mund gedrückt. Es gibt Entscheidungen, die können leichtfertig getroffen werden, da ihre Folgen nur für einen Moment andauern. Andere, wie der Kauf eines Hauses oder die Wahl eines

Lebenspartners, sollten gut überlegt werden. Wichtiger wird's nur noch, wenn von der individuellen Entscheidung die ganze Gemeinschaft betroffen ist.

Das Papier raschelt, als ich den Wahlzettel wieder zusammenfalte. Der Raum hat sich gefüllt, mehrere Menschen stehen aufgereiht vor der Pappkarton-Kabine. Der Pizzaduft konnte sie nicht täuschen. Ich lächele den mir bekannten braunen Augen zu, als sie die Wahlurne für mich freigeben. Ihr Pizzakarton ist noch unangetastet. Wir wechseln kein Wort. Mein Magen knurrt. Meine Kreuze habe ich an die Leute vergeben, die meiner Meinung nach die beste Vision für unser Land haben. Dass sie nicht in den Bundestag einziehen werden, weiß ich jetzt schon. Weil die meisten sich sowieso wie immer für Salami, Schinken oder Thunfisch entscheiden. Und sehr viele in diesem Jahr das Modell Hawaii mit Ananas probiert haben werden.

Statt des männlichen Protagonisten aus Jennifer Walaszkowskis Roman mit dem Arbeitstitel Schwarz ist keine Farbe, *sehen wir im Wahllokal die weibliche Hauptfigur ihr Kreuzchen setzen. Sie verliebt sich im Buch in einen mehr als schwierigen Borderliner, dessen Verhalten für sich selbst und auch für sie zerstörerische Auswirkungen hat.*

Oliver Uschmann & Sylvia Witt
Die Marmeladenbrote

„Wenn einer guckt, haben wir das Amt an der Backe."
Hartmut schüttelt den Kopf. Dass immer ich es bin, der
sich die Sorgen machen muss. Der wie ein Spießer klingt,
wenn er von Gesetzen spricht und von Verordnungen, die
es eventuell geben könnte und gegen die zu verstoßen
unserer knappen Haushaltskasse empfindlich schaden
würde. Immer ich. Dabei ist es Hartmut, der heute Cord
statt Jeans trägt, das Hemd in die Hose gesteckt, die Haare
zurechtgescheitelt. Susanne ist auf Bitten ihrer Mutter hin
für den Wahltag extra nach Köln gefahren. „Du musst
sicherstellen, dass ich hingehe, Kind. Ohne einen Schubser
bin ich womöglich zu faul." Caterina gibt drinnen in der
Turnhalle der Schule als Wahlhelferin die Stimmzettel aus.
Falls das Amt kommt, soll sie sagen, sie kenne uns nicht.
Das möchte ich so. Meine Süße hat nicht unter jeder
Schnapsidee von Hartmut zu leiden.

„Guten Tag, möchten Sie ein Brötchen zur Stärkung?"
Das Rentnerpaar schaut amüsiert auf den großen Klapp-
tisch, auf dem wir unser kleines Büffet feilbieten. Halbe
Brötchen mit Butter und Marmelade. Es dauerte etwas, bis
Hartmut ganze 23 Sorten beisammen hatte, die sich wirklich
voneinander unterscheiden. Wir mussten dazu in verschiedene Supermärkte gehen. 23 Parteien für den Bundestag auf
dem Wahlzettel unseres Landes, 23 Sorten Marmelade. So
war der Plan. Hartmut hat die Gläser als großen Kreis aufgestellt. Am Außenrand des Kreises, auf den der erste Blick
fällt, stehen die Volksmarmeladen wie Erdbeer, Aprikose,
Kirsche oder Waldfrucht in größerer Stückzahl. Zur Mitte
hin wird es mit Quitte, Bitterorange, Johannisbeere oder

Rhabarber immer spezieller. Im Zentrum des Kreises, gut verborgen und nur durch einen genaueren Blick auf den Deckel erkennbar, verbergen sich Stachelbeere und Loganbeere. Von Letzterer hatte ich zuvor noch niemals etwas gehört. Es ist eine Kreuzung aus Himbeere und Brombeere. Wäre ich Marketingchef eines Unternehmens für Aufstriche, würde ich sie mit dem Konterfei von Wolverine verkaufen.

„Für einen guten Zweck?", fragt der ältere Herr und sucht den Tisch nach einer Spendendose ab. Seine Frau beginnt derweil für sich selbst und ihren Gatten jeweils eine Hälfte zu schmieren. Das ist Liebe. Blind des Partners Marmeladensorte kennen. Caterina liebt Walderdbeere. Mit Kirsche kann man sie jagen.

„Nur ein pädagogischer", antwortet Hartmut und beobachtet genau zu welchen Gläsern des Renters Gattin greift. Erdbeer und Waldfrucht. Zwei große Parteien, eine davon garantiert in der kommenden Regierung.

Er sagt nichts weiter dazu, gibt zu den Brötchen zwei Servietten raus und wünscht den pensionierten Herrschaften einen guten Tag. Knuspernd kauend schlendern sie Richtung Schuleingang.

„Wieso hast du nichts gesagt?", frage ich.

„Bei denen? Unnötig. Die hätten keine anderen Sorten genommen. Sie folgen ihren Traditionen, seit die Beatles ihr weißes Album aufgenommen haben. Oder mindestens seit die erste Folge von *Derrick* lief."

Ich nehme einen Schluck Kaffee aus unserer Thermoskanne und murmele, die wärmende Bitterkeit auf dem Gaumen: „Überzeugungstäter."

„Genau", sagt Hartmut. „Wir warten auf die Schwarmfische."

Es dauert eine Weile, bis sich ein Schwarmfisch sehen lässt. Bevor er am Brötchentisch erscheint, lassen noch einige Überzeugte unser Messer über das Weißmehl streifen. Ein Rhabarbermensch ist dabei, zwei Bitterorangen und sogar eine Quitte. Die meisten von ihnen leeren allerdings Löffel für Löffel das Erdbeerglas. Zu den Konfitüren mit absolutem Seltenheitswert hat bislang noch niemand gegriffen. Nun aber ist es soweit. Ein junger Mann greift zum Kirschlöffel, hält ihn fest, nimmt sich aber noch nichts, sondern lässt den Blick ganz verschüchtert in die Mitte zu der gut versteckten Loganbeere schweifen.

Hartmut richtet sich auf.

Ein Windstoß entlockt der Kastanie über uns einen raschelnden Tusch.

„Interessiert Sie das?"

„Was?"

„Diese Sorte. Die Loganbeere."

Der junge Mann starrt auf das Glas. Sein Kopf wackelt sachte, wie eine Boje im Wasser. Unter der Stoffjacke trägt er ein Hemd mit Spültuchmuster.

„Ich frage mal anders", sagt Hartmut. „Wieso nehmen Sie Kirsche?"

Der junge Mann denkt nach.

„Weil ich immer Kirsche nehme."

„Aha. Seit wann?"

„Seit ich denken kann."

„Schmeckt Ihnen Kirsche noch? Also so richtig? So, dass Sie sagen: ‚Kirsche! Wie ich dich feiere! Ich freue mich jeden Morgen auf dich!'"

Der junge Mann hebt die Brauen und kratzt sich mit der linken Hand hinter dem Ohr.

„Also eher nicht", konstatiert Hartmut. „Kirsche ist vielmehr eher sowas geworden wie, sagen wir, *Star Wars*?

Es war mal fantastisch, aber jetzt kann man es sich nur noch ganz gut angucken?"

Der junge Mann lächelt, als sei er einerseits erwischt worden und andererseits erfreut, dass jemand ausspricht, was er denkt.

Mit langen Fingern nestelt er das Loganbeeren-Glas aus der Mitte und versucht, die Aufschrift zu lesen.

„Wie schmeckt das?"

„Eine Kreuzung aus Himbeere und Brombeere", sage ich.

„Aha…", brummt der junge Mann und wiegt das Glas in den Händen. Als wäre es eine Riesensache, einfach mal die neue Sorte zu testen. Auszuscheren aus dem Schwarm der Mehrheitskonfitürenesser.

Hartmut will etwas sagen, doch ich lege meine Hand auf seinen Unterarm. Jetzt muss es in dem jungen Mann eine Weile von selbst arbeiten. Ich spüre das. In Caterina musste es sehr lange arbeiten, gerade nachdem ich endlich die richtigen Worte gefunden hatte. Ich denke daran, wie sie gerade dort drinnen die Zettel austeilt und wünsche mir, ich wäre das demokratische Papier zwischen ihren Fingerkuppen.

„Wissen Sie was?", sagt der junge Mann schließlich, „Ich probiere das jetzt mal!"

So entschlossen wie leicht zitternd steckt er den Löffel in die noch vollkommen jungfräuliche, spiegelglatte Oberfläche der Loganbeerenkonfitüre und verpasst ihr ein erstes Grabungsloch. Schmiert sich das Brötchen.

Beißt hinein.

Schließt die Augen.

Kaut.

Steht still.

Es ist ein großer Moment.

Selbst die Kastanie friert alle Blätter lautlos auf Pause ein.

Langsam öffnet der junge Mann seine Augen und strahlt uns an wie das Faultier hinter dem Verkehrsamtsschalter bei *Zootopia*.

„*Das* ist genau der Geschmack, der zu mir passt! Wow!"

Hartmut strahlt.

Ein Klecks Loganbeere klebt im Mundwinkel des Schwarmfisches, der erstmals ausgeschert ist. Mit Heißhunger kaut er die Brötchenhälfte zu Ende und nimmt von mir eine Serviette entgegen.

„Vielen Dank!"

„Gern geschehen."

Der Neugeborene wendet sich ab, um Richtung Wahlbüro zu gehen. Ich versenke das Loganbeerenglas wieder zwischen den anderen in seiner Lücke.

„Ach, eine Frage noch", sagt Hartmut.

Der junge Mann dreht sich wieder um.

„Jetzt, wo Sie wissen, dass die Loganbeere ihre Sorte ist. Der eine, unverwechselbare Geschmack, der am meisten zu Ihnen passt. Der einzige, der Ihnen wirklich entspricht. Würden Sie im Supermarkt trotzdem darauf verzichten das Glas zu kaufen, bloß weil es außer ihnen wahrscheinlich sonst niemand tut?"

„Wieso sollte ich?", fragt der junge Mann. „Wenn ich möchte, dass der Markt die Sorte führt, muss ich doch wenigstens den Anfang machen."

Hartmut sieht ihn an.

Wartet.

Rührt sich nicht, bis es passiert.

Man sieht förmlich, wie die Erkenntnis in den Augen des frisch gebackenen Loganbeeren-Liebhabers aufsteigt wie die Morgensonne hinter dem Horizont.

Schmunzelnd hebt er seine Hand, klappt den Zeigefinger aus und zeichnet damit Kreise in die Luft, als wolle er

Hartmuts Silhouette umrahmen und wortlos sagen: Sie kluger, kluger Mann.

Ich kann mich auch täuschen, aber es wirkt so, als ginge er nun ein wenig aufrechter Richtung Tür als zuvor. Die Kirschen jedenfalls wird er nicht mehr wählen. Hartmut lehnt sich im Klappstuhl zurück und verschränkt zufrieden seine Arme hinter dem Kopf. Als die Kastanie wieder mit dem Rascheln beginnt, klingt es wie der Applaus von zehntausend Blätterhänden.

Seit dem ersten von bislang sechs Romanen und unzähligen Geschichten in Anthologien sowie auf der Webseite hartmut-und-ich.de stehen die Charaktere der „Hui-Welt" für eine besondere Sicht der Dinge. Der Versuch ihrer Schöpfer, den Begriff „hartmutesk" in den Duden zu bringen, ist leider noch nicht von Erfolg gekrönt worden. Doch die Geschichte wird's richten.

Dimitri Wolf
Das zarte Band

Es ist ein besonderer Tag, selbst für einen Sonntag und
sogar für einen Wahltag, zumindest für mich. Wie jedes Mal
erbarmt sich eine freundliche Seele, mich zu meinem Wahllokal zu fahren, aber es ist nicht wie die Male zuvor: Weder
sehr früh noch allzu spät, sodass ich nicht wirklich beurtei-
len kann, wie einzigartig dieser Andrang in der Wahlkabine
zum frühen Nachmittag wirklich ist. Für mich, der hin und
wieder einer der ersten, meistens aber einer der letzten in
der Wahlkabine ist und daher nur selten andere Menschen
außer den Wahlhelfern antrifft, ist es jedenfalls etwas
Besonderes. Es ist nicht nur belebt, sondern regelrecht
überfüllt! Sogar so sehr, dass sich eine kurze Warteschlange
gebildet hat. Keine eng zusammenstehende Warteschlange,
bei der die Leute drängen und schieben, nein, eher das
Gegenteil. Eine Schlange wie beim Amt, wo jeder ansteht,
um einer Verpflichtung oder, wie in diesem Falle, der
Pflicht nachzukommen. Dabei versucht niemand allzu dreist
oder aufdringlich zu wirken, alle sitzen schließlich im selben
Boot. Man muss ja, möchte sich aber nicht zu sehr aufdrän-
gen. So schiebe ich mich in Gesellschaft von mindestens
sechs weiteren Personen den Flur einer Grundschule entlang. Nicht zu hastig, nicht zu unhöflich, es geht zügig
voran. Genug Zeit, um sich die tief hängenden Kleider-
haken, Buntstiftbilder und viel zu kleinen Möbelstücke
anzusehen. Nostalgische Gefühle versüßen das Warten. Als
kinderloser Mann Ende zwanzig hat man schließlich nicht
häufig die Gelegenheit sich andere Grundschulen als die
eigene von innen anzusehen, ohne dass direkt komische
Situationen entstehen. Und dann dieser Geruch: ein
Gemisch aus altem Rauch und Schweiß. Nicht der

Schweißgeruch des Körpers, sondern der Gestank, der sich in Kleidungstücken einnistet, die nicht allzu häufig gewechselt werden. Er entströmt dem Mann vor mir, der mir bisher bei Weitem uninteressanter erschien als das Bild von Optimus Prime, das die Welt einem mit faszinierender Phantasie gesegneten Kind aus der 2a zu verdanken hat. Doch der eindringliche Eigenduft des Mannes rückt ihn unfreiwillig ins Zentrum der Aufmerksamkeit: In diesem kunterbunten Umfeld wirkt der groß gewachsene, dunkelhaarige und in Grautönen gekleidete Mann noch deplatzierter als er dies wahrscheinlich in jeder „anständigen" Gesellschaft tun würde: Seine Haare hängen ihm in fettigen Strähnen herunter, seine Brillengläser sind mit Fingerabdrücken übersät. Das Thermometer zeigt an diesem Tag über 25 Grad, die Sonne scheint, doch der Mann trägt eine Übergangsjacke, ein Textil für die Tage zwischen Herbst und Winter. Unruhig taxiert er die Umgebung und fummelt dabei an seinem Wahlbescheid herum. Er wirkt, als hätte er das Haus seit Tagen oder Wochen nicht verlassen. Doch diesen Wahlsonntag konnte selbst er sich nicht entgehen lassen. Das Seltsamste an diesem Menschen ist, dass er leise vor sich hin singt. Spontan komponiert er ein Lied; leicht zu reimen, wenn fast jedes Wort mit einem P oder einem D endet. „SPD, FDP, AfD", kurze Pause und dann: „Ach nee…" Daraufhin kichert der Mann kurz in sich hinein und der ältere Herr, der vor dem Mann in der Schlange steht, wirft mir einen hilfesuchenden Blick zu, den ich in Ermangelung an Kreativität unverändert zurückschicke. Der Sänger zwischen uns bekommt es anscheinend mit, sodass er sein Liedchen nur noch summt, ohne Text, aber mit unveränderter Melodie.

Wenige Momente später betrete ich den Raum mit den Wahlkabinen und eine ältere Dame hakt meinen Namen zügig auf ihrer Liste ab. Dann folgt wieder Warten. Es dauert länger als sonst. Auf den letzten Zentimetern vor dem Kreuzchen können sich einige nicht entscheiden. Sehr ungewohnt. Auch der komische Mann braucht etwas länger, doch bei weitem nicht so lang wie die Frau vor ihm. Nach ihm gibt der ältere Herr seine Stimme ab, nickt mir beim Hinausgehen kurz zu und erinnert damit an das zarte Band, welches wir in den zwei Minuten, die wir gemeinsam in der Warteschlange verbrachten wohl geknüpft haben. Erneut mache ich es mir einfach und imitiere ihn. Meine eigene Wahl ist schnell erledigt, doch insgesamt hat alles auf seltsame Weise länger gedauert als sonst und mich beschleicht eine Ahnung, dass mit diesem Sonntag im September längst nicht alles erledigt sein wird.

Es ist kaum möglich, den absurden, numinosen und sehr eigensinnigen Mystery-Thriller mit dem Arbeitstitel Rhizom *zu beschreiben, ohne entscheidend zu spoilern. Dimitri Wolf setzt den Antiquitätenhändler Raphael als lakonischen und doch sinnes-sensiblen Protagonisten in einen Laden, den nie jemand besucht. Bis seltsame Dinge ihren Lauf nehmen…*

Julia Körber
Wahllokal

Kurz nach dem Mittagessen. Es ist der Tag, den die Leute
Sonntag nennen. Angeblich hat sich Gott heute einen faulen
Lenz gemacht, weshalb das Volk ihn imitiert. Auf den sonst
stetig unsteten Straßen ist kaum jemand unterwegs, und
auch das Wetter, die letzten Wochen dominiert von Wind
und Wasser, scheint Pause zu machen. Auf der rechten
Straßenseite lugt unter sich aufbauschenden Sträuchern und
Büschen ein hölzerner Lattenzaun hervor, an seinem Ende
hängen zwei nichtssagende Schilder: „Museumsscheune"
und „Wahllokal". Bereits die erste Wortkonstruktion ist
ungewöhnlich, aber vielleicht durch die rostigen Ernte-
maschinen zu erklären, die mit ihren hüfthohen Metall-
rädern und langen Reihen abgestumpfter Zähne nicht in die
heutige Zeit passen. Am meisten verwirrt jedoch das zweite
Schild: Gott ist nun seit einiger Zeit auf der Erde, aber er
hat erstens noch nie ein Lokal erlebt, in dem man nicht
selbst wählen durfte, was man isst, und zweitens gibt es hier
nicht mal etwas Essbares.

Überhaupt gibt es nicht viel auf diesem Schotterplatz, nur
eine Hand voll Autos und zwei kleine Bäume. Obwohl die
Bäumchen nur zwanzig Schritte voneinander entfernt sind,
trennen sie augenscheinlich etwa sieben Wochen. Der Linke
ist voll von leuchtend grünen Blättern, ein paar Gelbe
mischen sich dazwischen. Der Rechte ist schon halb kahl,
und die verbliebenen Blätter sind welk. Eine blonde Frau
mit blauer Hose, blauem Oberteil, blauem Zopfgummi und
roter Brille geht zielstrebig an Gott vorbei, hin zur alten
Fachwerkscheune, deren Ziegelsteine farblich an herbstliche
Waldböden erinnern. Gott folgt ihr nicht, denn obwohl sie

harmlos wirken, kann man sich bei den Menschen nie sicher sein. Lieber lässt er sich auf einem alten Baumstamm nieder und beobachtet weiter diese ihm fremde Szene.

Nach kürzester Zeit kommt die Dame in Blau aus der Scheune zurück und verlässt den Schotterplatz. Dieses Schauspiel wiederholt sich in unregelmäßigen Abständen mit wechselnder Belegschaft. Ein schwarz gekleidetes Ehepaar. Ein Mann mit grauem Vollbart. Eine Rentnerin in zitronengelber Jacke. Sie alle gehen in die Scheune hinein, deren Türen offenstehen und in deren weiß verputztem Innenraum links und rechts Tische stehen, an denen jeweils zwei Leute Platz genommen haben, drei von ihnen noch zwischen Kind und Erwachsenem, der letzte deutlich älter. Der hintere Bereich des Raumes ist durch Pappaufsteller abgetrennt. Am rechten Tisch erhalten die Besucher einen Zettel, der so lang ist, dass er fast den Boden entlangschweift. Dann verschwinden sie hinter den Pappwänden; nicht immer in exakt gleicher Dauer, aber nie länger als wenige Atemzüge. Was sie dort tun, weiß Gott nicht, nur dass der Zettel, den sie beim Hineingehen wie eine Schleppe hinter sich hergezogen haben, beim Wiederauftauchen viel kleiner gefaltet ist. Das Papier verschwindet daraufhin ebenfalls hinter Pappe; in einer Kiste auf dem linken Tisch, die unermüdlich Zettel um Zettel schluckt.

Sinn und Zweck dieser Übung sind Gott unergründlich. Zwar wurde im Radio den ganzen Tag vom „Wahlsonntag" geredet und dazu aufgerufen, über das Musikprogramm abzustimmen, doch dieses Prozedere erscheint schon etwas umständlich, nur um die Geräuschkulisse zu beeinflussen. Manchmal werfen die Menschen Gott kurze Blicke zu, als würden sie sich wundern, was er eigentlich hier verloren hat; schließlich ist er völlig unbeteiligt an dieser fremdartigen Inszenierung. Eine junge Mutter fährt ihren schwarzen

Wagen auf den Platz und hält näher an Gott, als es ihm lieb ist. Ohne ihm Beachtung zu schenken, geht sie direkt auf die Scheune zu. Ihr Sohn muss derweil im Wagen warten, blond, blauäugig, ein orangenes T-Shirt tragend. Er zurrt am Sicherheitsgurt und beobachtet Gott durch die Fensterscheibe. Anders als die meisten Menschen guckt er nicht sofort weg, tut nicht so, als hätten sich ihre Blicke nicht getroffen, sondern schaut den Schöpfer aller Dinge länger an. Offenbar verwirrt ihn Gottes Anwesenheit, denn seine Augen sind groß, gar aufgerissen, und der Mund steht ihm offen. Seine Mutter kehrt zurück und die beiden fahren sofort los. Scheinbar gibt es noch viel zu tun.

„Gott sprach, es werde Licht, und es wurde nicht." So beginnt Julia Körbers theologische Komödie mit dem Arbeitstitel Gott wird nur Zweiter. *In einem Wettbewerb der Götter ist ihr Protagonist weniger geschickt als seine Verwandtschaft. Zwar gelingt ihm in seinem Modellbaukeller eines Tages die Menschheit, doch die erweist sich im Vergleich zu anderen Welten doch als sehr skurril und fehlerhaft.*

Vinitha Yogachandran
Die Qual der Wahl

Als ich die schmale Straße überquere, kommt das alte Gebäude in Sicht. Es sieht fast genauso aus, wie ich es in Erinnerung habe. Die gelblich angestrichene Fassade, die großen Fenster mit den bunten Papierschmetterlingen und die Büsche, die den kurvigen Steinweg säumen. Die Ränder einiger Schmetterlinge rollen sich bereits von den staubigen Scheiben ab; als würden sich die Tiere gleich vollständig lösen, sich einen Weg ins Freie suchen und dem blauen Himmel entgegenflattern.

Damals hatte ich den Vordereingang benutzt und war dafür über den ordentlichen Steinweg getrippelt. Heute weist mich ein unscheinbares, laminiertes Schild an, die kleine Metallbrücke zu nutzen, um direkt in den ersten Raum zu gelangen. Die Brücke führt von der kleinen hügeligen Wiese seitlich des Gebäudes direkt hinein. Das Gras glänzt noch leicht vom Regen.

Vor mir schließt gerade ein Vater das Schloss seines Fahrrads ab, während sein kleiner Sohn Steinchen sammelt und sie in die Luft schleudert. Er versucht sie immer weiter zu werfen, bis er von seinem Vater abgelenkt wird, der gerade einen Brief aus der Hosentasche kramt. Die beiden versperren mir den Weg hinein, sodass ich warte und die trostlose Schrift auf dem weißen Schild weiterbetrachte. Ich sinke dabei leicht in den feuchten Boden ein, während der Vater mit seinem Sohn die Brücke überquert und hineingeht.

Ich wende den Blick ab, öffne meine Tasche und krame herum, bis ich meinen zerknitterten Brief zwischen dem Collegeblock und den Stiften finde. Meine Versuche, den Brief an meiner Tasche zu glätten, scheitern kläglich.

Den Brief in der einen und das Handy in der anderen Hand überquere ich kleine Brücke und checke die Mails. Inzwischen ist es eine Art Routine für mich geworden, meine markierte Nachricht jeden Tag zu betrachten. Ich lese mir den Text durch, den ich schon gefühlte tausend Mal überflogen habe.

Seufzend verstaue mein Handy in der hinteren Hosentasche und nehme zum ersten Mal den Raum wahr, den ich gerade betreten habe. Wie angewurzelt bleibe ich stehen, erstaunt darüber, wie die Erinnerung täuschen kann. Es ist viel kleiner, als ich es in Erinnerung habe. Früher kam mir mein Klassenzimmer riesig vor, heute kann ich mir nicht vorstellen, dass ungefähr zwanzig tobende Grundschulkinder hier Unterricht haben. Oder hatten.

Um mehr Platz für die zwei abgeschirmten Stehplätze, die Urne und die drei Wahlleiter zu haben, wurden die langen Tische an die Wand gestellt. Das Trio sitzt rechts von mir an zwei Tischen. Sie haben ihre Listen und Wahlbögen strategisch vor sich aufgestellt und plaudern munter mit dem Vater. Links von mir befinden sich die zwei kleinen Tische, jeweils mit Karton getrennt.

Ich bin noch dabei, die gemalten Bilder an den Wänden zu betrachten, als es mir dämmert, dass einer der Wahlleiter mich angesprochen hat. Ich erwache aus meiner Trance und reiche ihm ohne Worte den Umschlag. Er nimmt ihn mir aus der Hand und zieht meine Wahlberechtigung heraus. Ich atme hörbar aus. Mir ist nicht bewusst gewesen, dass ich die Luft angehalten hatte. Während er meinen Namen auf der Liste sucht, werfe ich einen kurzen Blick auf mein Handy. Stumm starrt mir die eine Mail entgegen. Der Wahlleiter hat mich inzwischen auf der Liste entdeckt und fragt nach einem Ausweis. „Ein Moment, bitte", sage ich und krame wieder in den Tiefen meiner Tasche. Nach kurzer

Inspektion nickt der Mann und händigt mir den kleinen Stapel an Wahlzetteln aus.

Vor mir wartet eine kleine Schlange an Menschen, darunter auch der Vater mit seinem Sohn, der jetzt mit dem Reißverschluss seiner Jacke spielt. Ich beobachte ihn, während er den kleinen Griff begeistert hoch und wieder hinunterzieht. Ich kann mich nicht erinnern, wann ich das letzte Mal von etwas so fasziniert war wie der kleine Junge vor mir. Wann ich mich das letzte Mal so in etwas verlieren konnte. Ich war damals ungefähr so alt wie er jetzt, als ich fast jeden Tag in diesem Raum verbracht habe. Während er weiter gebannt sein schlichtes Spiel fortsetzt, blicke ich mich nochmal um, das Geräusch des Reißverschlusses im Ohr. Das Pult meines Lehrers stand damals genau hier, wo ich gerade warte. Hinter mir erhebt sich die große Tafel, die ich so oft angeschaut hatte. Damals war ich nicht größer als der kleine Junge vor mir. Ich musste mich auf die Zehenspitzen stellen, um ganz oben auf der Tafel meine Schönschreibschrift anbringen zu können. Damals hatte ich mir noch Mühe gegeben. Damals konnte ich es nicht erwarten, endlich über den Tisch gucken zu können, ohne mich strecken zu müssen. Endlich erwachsen zu sein. Jetzt stehe ich in dem gleichen Raum, starre herunter auf die vollgestellten Tische und einen reißverschlussbessenen Jungen und habe keine Ahnung, was ich hier tue. Ich bin hier, um zu wählen, das ist klar. Aber ansonsten weiß ich nicht, was ich mit mir anfangen soll.

Die Schlange vor mir bewegt sich kaum, sodass mir langsam warm wird. War dieser Raum schon immer so stickig? Selbst die Tür zur Metallbrücke ist offen, aber dennoch fächele ich mir mit den Wahlzetteln Luft zu. Wer auch immer gerade hinter dem Karton zugange ist, lässt sich Zeit. Gedankenverloren ziehe ich mein Handy wieder hervor und versuche mit der fächelnden Hand weiter vergeblich, mein Gesicht zu kühlen. Die Mail. Sie wartet. Sie fordert. Ich muss meinen Platz heute noch annehmen, ansonsten wird er einer anderen Bewerberin zugeteilt. Ich stelle mir vor, wie sie morgen früh aufwacht und die neueste Mail von der Zulassungsstelle liest; mit der Nachricht, einen Masterplatz in dem Fach bekommen zu haben, auf den sie wochenlang gewartet hat. Wie sie vor Erleichterung lacht und den Link anklickt, um den Platz anzunehmen. Um ein neues Kapitel zu beginnen.

Ich habe nicht so reagiert. Als die Mail vor zwei Wochen kam, habe ich nur den Bildschirm angestarrt, als könnte ich nicht verstehen, was man mir da mitteilt. Die Nachricht war kurz und knapp. Keine dekorativen Formulierungen oder Details. „Wir freuen uns Ihnen mitteilen zu können, dass Sie für den Studiengang eine Zulassung erhalten haben." Damals hatte ich den Satz mehrmals durchgelesen, so als hätte ich ihn nicht verstanden. Genau das tue ich jetzt wieder, während mir die stickige Luft langsam, aber sicher Kopfschmerzen bereitet.

Wahrscheinlich werde ich annehmen und mein Masterstudium beginnen. Nicht notwendigerweise, weil ich es will, sondern weil ich nicht weiß, was ich sonst mit mir anstellen soll. Ich könnte ein Praktikum absolvieren bevor ich weiterstudiere. Oder direkt weitermachen, jetzt wo ich den Platz habe. Wenn ich schon dabei bin, kann ich ruhig noch ein paar Jahre an der Uni bleiben. Oder einen anderen Weg einschlagen, der mich vielleicht eher morgens aus der Bett bekommt, anstatt mir das Kissen über den Kopf zu ziehen um das unbarmherzige Klingeln des Weckers vergeblich auszublenden. Nur, dass es nicht so sein wird.

Ich schaue von meinem Bildschirm und lasse den Blick ein letztes Mal über den staubigen Klassenraum wandern.

Damals konnte ich es kaum abwarten, nach der Grundschule die nächste Schule zu besuchen. Und danach das Studium zu beginnen. Mein Blick bleibt an dem Platz neben dem Waschbecken hängen. Den Stuhl hat man auf den Tisch gestellt, um mehr Raum zu gewinnen. Er sieht so klein aus auf dem Tisch vor der großen Tafel. Mein Arm ist inzwischen müde vom Fächeln und ich lasse ihn langsam sinken, während ich weiter den Platz anstarre, der ganze vier Jahre meiner war. Mein Platz, von dem aus ich auf die Welt hinter dem großen Fenster mit seinen Papierschmetterlingen blicken konnte.

Damals hatte ich mich auf die Welt hinter dem Fenster gefreut.

Jetzt, in demselben staubigen Raum mit den gleichen großen Fenstern und dem Handy in der Hand, das geduldig auf meine Entscheidung wartet, kann ich das Gefühl nicht abschütteln, dass ich in den knapp zwei Jahrzehnten dazwischen etwas verloren habe.

Eine Stimme dringt langsam in mein Bewusstsein. Als ich merke, dass sie mit mir spricht, blinzele ich und reiße den Blick von meinem ehemaligen Platz los. Der Leiter, der meine Karte entgegengenommen hat, deutet mit der Nasenspitze auf die Wahltische. Die Schlange vor mir hat sich aufgelöst. Von Vater und Sohn keine Spur. Das Reißverschlussgeräusch ist nicht mehr zu hören. Ich schaue mich um, nach dem Jungen. Vergeblich. Mein Blick bleibt an einem der Wahltische hängen.

Ich bin dran.

Die Protagonistin in Vinitha Yogachandrans Romanentwurf ist eine typische Vertreterin der orientierungslosen Generation, die als Kind mit Verve und Begeisterung das Leben anpackte und als junge Erwachsene bereits in jener Identitätskrise steckt, die die Menschen früher erst zur Lebensmitte überfiel.

Anna Biel
Die Gefahr des Unsichtbaren

Bevor Margaret das Haus in großer Eile verließ, zog sie noch die Handschuhe an. Es war nicht kalt, aber notwendig. Die statistische Tatsache, dass nur jeder dritte Mann nach dem Toilettengang seine Hände wusch, trug nicht zu ihrer Entspannung bei. An den Türklinken wimmelte es von Leben in Form winziger Mengen hinterlassener Fäkalstoffe. Manche Menschen leisteten ihren Beitrag zu diesem Biotop, indem sie sich ununterbrochen die Augen rieben, in der Nase bohrten oder unauffällig in einer dunklen Ecke das Frühstück aus den Zahnlücken herauspulten. Das ganze Zeug klebte dann an den Türklinken der Wahllokale, auf den zur Verfügung gestellten Schreibstiften und in der gesamten Umgebung, was man natürlich niemals mit bloßem Auge sehen konnte. Umso schlimmer war es für Margaret. Ein Hundehäufchen konnte sie umgehen. All die Bakterien nicht. Die größte Gefahr ging vom Unsichtbaren aus. Dennoch ging sie wählen. Aber sie nahm ihr eigenes Schreibgerät mit.

Als sie merkte, dass die große Eingangstür offenstand, betrat sie mit Erleichterung das Schulgebäude. Vor dem Eingang standen zwei ältere Paare und unterhielten sich. In der Tür begegnete sie einem jungen Mann in schwarzer Lederjacke. Er würdigte sie nicht eines Blickes und huschte flink an ihr vorbei aus dem Gebäude. Sie hörte die Stimmen mehrerer Personen, die weiter hinten im Flur standen und warteten bis sie an der Reihe waren. Sie gesellte sich zu ihnen, sah aber kein bekanntes Gesicht.

„Der Frank kommt nicht", sagte eine Frau, die vor Margaret stand zu der Blondine neben ihr. „Er liegt immer noch im Krankenhaus."

„Ach nö, das gibt's ja nicht!", antwortete die Blondine und streifte sich mit einer Hand die Haare aus dem Gesicht. Die Schlange war zum Glück kurz und Margaret wurde bezüglich der Details von Franks Krankenhausaufenthalt verschont. Nach wenigen Minuten zeigte Margaret einer freundlichen, jungen Frau mit blauen Augen ihre Wahlbenachrichtigung und durfte zu einer Kabine gehen. Sie war noch von einem älteren Herrn blockiert, deshalb wartete sie und schaute nervös auf ihre Uhr. Sie musste unbedingt noch in die Wohnung ihrer verstorbenen Oma, doch trotz der Eile gähnte sie immer wieder. Es war stickig in diesem kleinen Raum. Die drei Fenster, durch die ununterbrochen die Herbstsonne schien, gaben viel Wärme ab. Der alte Mann ließ sich Zeit. Die kostbaren Sekunden verstrichen, während er seine Kreuze setzte. Margaret fühlte sich wie neulich in der Warteschlange vor der Zapfsäule, als ein Rentner vor ihr, nachdem er bezahlt hatte, zu seinem Auto zurückkehrte und in aller Ruhe begann, die Scheiben zu reinigen und hernach mit Papiertüchern zu trocknen. Die Schlange wurde damals immer länger, doch der Mann putzte noch munter die Heckklappe, schließlich waren die Tücher an der Tankstelle kostenlos. In der Erinnerung an diesen Autowaschtag versunken, merkte Margaret nicht, dass eine andere Frau an ihr vorbei ging und die zweite Kabine ergatterte, die inzwischen frei geworden war. Wenigstens verließ in diesem Moment auch der ältere Herr den Sichtschutz und trug den vorbildlich gefalteten Wahlschein mit sich. Sein Gesicht strahlte. Margaret begab sich in die Kabine und gab emotionslos ihre Stimme ab.

85

Die perfekt organisierte Reisejournalistin Margaret aus Anna Biels Roman mit dem Arbeitstitel Blind Booking *hat ihr Leben im wahrsten Sinne des Wortes im Griff. Planungswütig, kontrollsüchtig und bakterienphobisch wird ihr neurotischer Charakter herausgefordert, als die überraschende Erbschaft eines Hauses sie ins chaotische und wenig sterile Venezuela verschlägt.*

Lilya Wischinski
Kleine Kreise

Du hast gesagt, ich soll entscheiden,
wählen,
ob das so weitergeht.
So schwer auf meinen Schultern.
Ich habe gesagt, wir sollten uns möglicherweise ein paar
Tage nicht sehen, ich hätte eh viel zu tun und heute ist ja
auch die Wahl und so, ich müsste dann jetzt auch gehen.
Also Wahltag, bezeichnend, für eine Generation: Ohnmäch-
tig, ohne Stimme, ohne Meinung, ohne mich.
Ein klassischer Bilderbuch-Sonntag: Blauer Himmel, Sonne,
die letzte Spätsommerwärme.
Sonntage deprimieren mich seit ich denken kann.
Unschlüssig den Tag zerrinnen lassen, bis jetzt. Nun aufge-
rafft das Haus zu verlassen, den Ausweis in der Hand, um
Geschichte zu schreiben, zu ändern, zu beeinflussen
und dann doch nicht.
Schnell ist das Wahllokal ausfindig gemacht: Katholische
Familienbildungsstätte, was auch sonst. Hier bekomme ich
neben dem Wahlzettel kostenlos klassische konservative
Werte und Schuldgefühle dazu.
„Sie können dann jetzt durchziehen, junge Dame!". Der
circa 70-jährige Wahlhelfer mit weißem Haarkranz und von
seiner Frau bereitgestellten Apfelspalten, die in einer
Tupperdose wohlverwahrt auf dem Tisch stehen, hat
„durchziehen" gesagt.
Alle Wahlhelfer hier sind über 60, weiß und männlich, sehr
repräsentativ.
Nicht unfreundlich, nein, das nicht.

Ich sitze viel zu lang in der aus Pappe gebauten Wahlkabine und starre auf das Blatt mit den kleinen Kreisen, die ich ankreuzen soll.

Ich fühle mich so unbedeutend für die Welt, resigniert noch vor der Auszählung.

Dabei möchte ich doch so gerne etwas bedeuten, und alles soll Sinn ergeben.

Ich raffe mich auf und werfe den Zettel in die Urne. Asche zu Asche.

Die Zukunft ist auch nicht mehr das, was sie mal war und was jetzt ist, ist nur der Staub von morgen.

Ich habe zu lange gebraucht, jetzt betrachtet mich der Apfelspaltenmann skeptisch.

Er hat recht, ich sollte ja durchziehen. Das erwartet man halt von uns jungen dynamischen Menschen.

Was sie alle eint, diese grauen Geister mit ihren verlebten und nur mühsam in Stand gehaltenen Körpern, ist ihre stumme oder geflüsterte Anklage gegen die Stagnation, das Feststecken der jungen Leute, die nie gelernt haben Entscheidungen zu fällen, weil ja immer alle Optionen offen gehalten werden müssen.

Man kann schließlich alles tun und alles sein, was man nur will -

wenn man denn tut und weiß und will.

Wir wissen nicht, wie gut wir es haben —Mensch! —, dass sowas anderen nicht möglich war. Sie verstehen nicht, dass wir hasten und eilen und nicht vorankommen, nicht ankommen. Denn wir verbringen unsere traumlosen Tage im Sprint. Immer den Gedanken im Kopf, dass morgen immer noch Sommer ist und am Tag darauf auch und dann? Was dann kommt ist egal. Die Zukunft existiert noch nicht, die Gegenwart ist eine Lüge, allein die Vergangenheit ist wahr.

Wir alle laufen unsere Runden, ohne zu bemerken, dass wir nur ewige Kreise ziehen, die Zeit verschwenden. Wie ein Goldfisch im Glas, wie ein Hamster im Rad, aber wir rennen, denn morgen ist immer noch Sommer.

Zerknirscht verlasse ich das Gebäude, lasse Wahlzettel, Apfelspaltenmänner und Kaffeegeruch zurück, nur die Schuldgefühle, die nehm' ich natürlich mit. „Wenigstens hast du gewählt!", denke ich, wenigstens etwas.

Ziellos entscheide ich eine Runde zu laufen, vorbei am beschlagenen Fenster des Schützenvereins, durch das ich einen kargen, hilflos geschmückten Raum mit Girlanden und alten Vereinsbildern sehe. Der Fernseher läuft, von niemandem beachtet, AfD 10,5 Prozent in Bochum, alle spielen ungerührt Darts.

Es wird später, immer noch laufen, laufen lernen, überall sehe ich tote Vögel auf der Straße, ich sehe sie in jedem durchweichten Blatt, an Bordsteinkanten.

Selektive Wahrnehmung? Nicht mehr fliegen, nein.

Ausgebreitete Flügel am Boden.

Im Einkaufszentrum brennt Licht. Die Schaufenster, auch sonntags perfekt ausgeleuchtet. Ein Obdachloser läuft durch die leeren Gänge auf der Suche nach einem wärmeren Platz für die Nacht. Bald wird ein Sicherheitsbeamter ihm Hausverbot erteilen.

Es reicht für heute.

Als ich zuhause ankomme rufe ich dich an, nicht sicher, was zu sagen ist.

Wir machen ein Treffen aus, in zwei Tagen. Kurzer Smalltalk, im Endeffekt warst du doch nicht wählen, bist irgendwie zu Hause versackt, war ja auch Sonntag „und so".

Erst ärgere ich mich, dann bin ich froh, dass ich da war.

Ich sehe eine Dokumentation über Paare in England, von denen jeweils einer pro und der andere contra Brexit war: „So you do vote in, right?"

„I think I'm out, honey!"
Ich habe entschieden, habe gewählt, so schwer auf meinen
Schultern, so leicht.

In ihrem Generationenroman mit dem Arbeitstitel Menschen auf
Rolltreppen *erzählt Lilya Wischinski in einem ebenso musika-
lischen wie lakonischen Tonfall von der Quarterlife Crisis eines Hau-
fens Mittzwanziger, die als Möglichkeitsmenschen verlernt haben, sich
für einen Lebensentwurf zu entscheiden. Ein assoziatives, bewusst
langsames Porträt der Generation Why?*

Und zu guter Letzt:
Zwei Extraseiten für deine persönlichen Wahlerlebnisse...